GOBOOKS
& SITAK
GROUP©

GOBOOKS
& SITAK
GROUP©

三日月書版

三日月書版

解謎才不像
漫畫那麼簡單
Solving mystery does not work
like manga
藤崎都
Fujisaki Miyako
LN003
三日月書

謎解きはマンガみたいにはいかない

Solving mystery does not work like manga……

目錄
contents

Chapter 1

糟糕的邂逅

Solving mystery does not work like manga

解謎才不像漫畫那麼簡單

1

「咦？不會吧？新作出來了？」

鈴川徹平偶然閒晃到書店，在架上看到期待已久的漫畫居然出了最新一集，忍不住發出驚呼。

正當他想伸手拿起其中一本，卻因為太過激動，一不小心把高高疊起的新書弄倒了。

「啊，我到底在幹嘛啊……」

他收拾好散落一地的單行本重新堆放整齊，並檢查掉在地上的書有沒有損傷；所幸每本書都完好無缺，讓他忍不住鬆了一口氣。

徹平再次拿起其中一本漫畫。此刻拿在他手裡的，是他十分尊敬的漫畫家「穗高八重」的新作。

他原本以為發行日是下週一，所以此刻內心激動到幾乎要跳起舞來。

（我等這本單行本出版等多久了啊！）

他不太清楚書為什麼提早進貨了，不過能比原本以為的時間還早看到新書，他還是十分慶幸自己的好運氣。這本新書是短篇集，集結了單行本中沒收錄的番外篇。徹平因為能夠收藏全新繪製的封面、讀到沒看過的作品而感到喜悅不已。

漫畫家穗高八重在結束連載的同時，也宣布退出了漫畫界。身為粉絲的徹平差點因此跌入絕望深淵。如果可能的話，他想看到更多穗高八重的作品，甚至想過要寫人生中第一封粉絲信寄給漫畫家。

不過他想，既然當事人有不得不隱退的理由，那把自己的期待隨便加諸在對方身上也是一種壓力吧？

因此，徹平猶豫了。

既然穗高八重還會像這樣出版新作，表示仍有復出的可能。徹平決定等著穗高八重養精蓄銳完畢，再次重拾畫筆。

「呃！」

「對、對不起！」

沉浸在自己世界的徹平，一不小心撞到走道上一名男性客人的肩膀。他立刻開口道歉，對方卻什麼話也沒說，頭也不回地離開了。

（嗯？）

徹平頓時覺得有點奇怪。彼此分明是第一次見面，他卻覺得好像在哪裡看過對方。

他決定相信自己的直覺，繃緊原本放鬆的心情，切換成工作模式。

徹平今天休假。他的職業是警察，在交通課擔任交通指揮取締的工作，夢想是有一天能成為重案組的刑警。

為了將來能夠實現這個夢想，他經常自我訓練，而其中一項就是記住通緝犯的長相。因為他無法預測會在何時何地遇到凶惡的罪犯。

或許現在就是這項訓練派上用場的時候了。他覺得剛才路過的男子長得很像因多起竊盜案而被通緝的嫌犯。

因為對方戴著太陽眼鏡，所以徹平無法百分之百確定，不過下巴那顆痣的位置一樣，嘴巴附近也很像。

如果能在休假時逮捕通緝犯，那就真是中大獎了。

他知道並不是只有立下大功才是警察的工作，不過一想到這是實現夢想、進入重案組的第一步，他就不自覺地緊張了起來。

（別搞砸啊！）

他在心裡鼓勵自己，尾隨著可疑男子在書店內緩緩移動。如果他的身形足夠嬌小，這種時候就可以躲在書櫃後面，可惜他的身高將近一百九十，無論如何都比書櫃高出一顆頭。

「咦？人呢？」

他一時恍神，一眨眼就把對方跟丟了。徹平著急地環顧整間書店，正擔心對方該不會已經離開的時候，就看到那個人正站在雜誌區翻閱雜誌。

徹平原本以為被對方逃走了，差點嚇出一身冷汗。他拍拍胸口，站在那裡假裝自己也在看書，趁機繼續盯梢。

（就不能把太陽眼鏡拿掉嗎？）

他很想看看對方的眼睛，好確認他是不是通緝犯。明明就在室內卻還戴著太陽眼鏡，是不是為了躲避別人的目光呢？

徹平才剛踏出一步想靠近確認，就看見對方慢條斯理地拿下了太陽眼鏡。

「咦！」

他屏息等待著對方露出真面目，卻在看到他拿掉太陽眼鏡之後，發現那張臉並不是自己以為的那個人，這讓徹平頓時垂頭喪氣了起來。

（原來不是同一個人啊……）

看來自己為了爭取功勞所以太躁進了。通緝犯本來就沒那麼容易遇到的，上司和前輩也經常叨念他，讓他改一改這種衝動的壞毛病，否則冤枉無辜的路人就太糟糕了。畢竟無論如何，被冤枉的人都會因此留下不好的回憶，嚴重一點還有可能摧毀對方的人生。

自己今後必須更謹慎小心才行——徹平在心中向那位被他冤枉的男子道歉，一邊反省一邊往收銀檯走去。

——咚！

就在他轉過身時，卻迎面撞上了某個人。

「痛！」

「啊，對不起！」

他又因為發呆而闖禍了。

徹平撞到的是一個戴著黑框眼鏡的少年，身形單薄的他被徹平狠狠撞飛出去，一屁股跌坐在地上。

（唔哇！是超級美少年……）

白皙的肌膚配上略帶捲度的黑髮，黑框眼鏡後則是一對令人沉溺其中的杏眼，那對黑眸的長睫毛眨動時彷彿能夠聽見拍打聲，鼻梁又直又挺，再加上有一點厚度的粉色嘴唇，五官恰到好處地分布在比徹平的手掌還要小的臉蛋上。

徹平不禁看得失神，旋即又回過神來，想到現在不是做這種事的時候。他不希望自己只顧著找嫌疑犯，卻造成了一般市民的困擾。

「你沒事吧——嗯？」

他感到十分自責，連忙伸手想扶起對方，卻在踏出一步之後，發現自己好像踩到了什麼東西。

「啊……」

看到對方錯愕的眼神，他低頭看向腳下——徹平的運動鞋底下是一本封面潔白的厚重書本。

「啊！對不起！」

他急急忙忙往後退去，卻已經太遲了，深色的鞋印早已清楚地留在潔白的書封上。因為自己接二連三地出錯，徹平忍不住露出了慘白的臉色。

他看到書名和作者都是英文，似乎是一本外文書。從厚度判斷，也許是攝影集或畫冊。

「這個你打算怎麼處理？」

美少年的嘴唇吐出因憤怒而顫抖的冰冷聲音，看著徹平的視線也冷漠如霜。

「對、對不起……」

徹平能夠做的只有不停道歉，他幾乎歉疚得抬不起頭來。

「走路好好看路，廢物。」

聽到拍拍屁股灰塵自行站起來的少年口出惡言，徹平儘管不悅，卻也明白是自己理虧，只能低頭賠罪。

不過對於和身高一百八十八公分的徹平相差不只一顆頭的少年來說，即使徹平低下頭，也還是比他高出許多。

徹平心想，假如是自己，看到期待已久的書本上留下鞋印，恐怕不只會覺得倍受打擊吧。

至少應該幫忙處理書上的汙漬，負責把書弄乾淨。書封的髒汙應該擦一擦就可以擦掉了吧？

「真的很抱歉！我現在就幫你擦乾淨！」

「喂，你做什——」

徹平搶走少年手中的硬殼精裝書，用袖口擦拭起鞋印。可是這本書的封面用的不是一般的光滑紙張，而是粗糙有質感的藝術紙，髒汙反而越擦越擴散。

「咦？奇怪？」

「你快住手！你打算把書弄得更髒嗎？」

少年從徹平手中搶回精裝書，十分寶貝地抱在懷裡。

「不是，我只是想把它擦乾淨……」

「沒有上ＰＰ膜的書封，怎麼擦也不可能擦掉汙垢吧！你這麼做是在挾怨報復嗎？」

徹平當然沒有這種想法。可是一想到自己的失態，他就無法替自己的行為辯解。

「真的很抱歉。如果可以，請讓我賠償好嗎？」

「算了。沒把書裝袋就直接拿著走，我也有錯。」

「這樣不好吧，不然我再買一本賠你。」

「這本書是我請這裡的店長幫忙找、好不容易才找到的，哪有可能立刻就找到一模一樣的？」

「那、那至少讓我付錢……」

這本書居然那麼珍貴嗎？

徹平心裡頓時覺得更冷了，看來他的愧疚感不是有心彌補或付錢就能夠減輕。一想到少年的沮喪，徹平就感到十分過意不去。

「你現在能夠拿出這些錢嗎？」

徹平眼前遞來了一張手寫收據。

「當然——三、三萬五千……元?!」

超乎想像的價格讓徹平的眼珠差點掉出來，他流著冷汗回想自己錢包裡有多少現金。

「所以我說不用了，反正書的內容沒事。不過話說回來，你的注意力這麼散漫，真的能當警察嗎？」

「咦？」

徹平沒有自我介紹就被對方猜中職業，讓他因此起了戒心。

「我猜對了？」

看到徹平驚訝的反應，少年的心情似乎好了一點。

「你你你你怎麼會知道？」

「你剛才心不在焉，是因為你都在注意那個走出書店的傢伙吧？我猜你應該是以為對方是通緝犯，才會這麼謹慎小心，結果後來發現認錯人了。」

「這……」

自己的行為和想法全都被說中，徹平驚訝得幾乎說不出話來。

「你的身手看起來很好，而且願意穿那種醜陋又俗氣的網格背心的人，也就只有警察了。」

「醜陋又俗氣……不對不對不對！我這身打扮哪裡俗氣了?!」徹平的小心臟因為犀利的批評而被狠狠重傷。

這身服裝是他模仿一位崇拜的重案組前輩而穿的。

前輩坐上偵防車的不羈姿態十分帥氣，徹平也夢想著有一天能夠和他一樣，為了能更接近前輩的瀟灑姿態，所以他買下了與前輩同款的背心。

「這件背心不管從哪個角度看，都只有『俗氣』兩個字可以形容。老兄，你穿這樣是交不到女朋友的。」

「你……」

又被踩到痛處，徹平的心靈再次遭受致命一擊，這讓他往後的三年恐怕都無法重新振作了。

這時，眼鏡少年突然直直盯著徹平手上的漫畫單行本。

「這、這次又怎麼了……」

「哼，衣著沒品味，不過對漫畫的品味倒是不錯。」

「咦？」

沒想到他臨走之前會說出這番話，可惜聽起來應該不是什麼好話。

（我這身打扮哪裡不好了啊……）

儘管他對少年最後說的那句話很不滿，但還是順手拿了一本男性時尚雜誌去收銀檯結帳。

他不覺得自己現在這身打扮很俗氣，也不認為需要改變，不過他告訴自己，為了能交到女朋友，穿著上最好還是多一點變化比較好。一邊想，他一邊把男性時尚雜誌和漫畫單行本放在收銀檯上。

「兩本一共一千四百一十二元。」

正要從錢包拿錢出來，徹平注意到了裝飾在收銀檯的簽名板。看到板子上畫的角色的瞬間，他的心臟忍不住開始狂跳。

「這、這是……」

那熟悉的畫風讓他不自覺緊張起來，不僅是因為第一次見到這張畫，更因為這張畫看來像是真跡。

「嗯，這是穗高老師的簽繪，目前放在我們店裡當裝飾宣傳。」書店店員見他睜大眼睛死盯著簽名板，便親切地為他說明。

「天啊，我第一次看到真跡！」

一想到這張簽名板是穗高八重本人親手畫的，徹平幾乎感動到聲音微微發顫。

「我們還有其他穗高老師的簽名板喔。」

書店天花板橫梁上裝飾著許多簽名板，其中就屬穗高八重的簽名板數量最多。

「我、我可以拍個照嗎？」

「我們已經取得穗高老師的同意了，請拍。」

「你們和老師很熟嗎？」

「老師就住在這附近，是我們書店的常客，跟我們店長很熟，所以每次出版新書都會替我們畫簽名板。」

「住在附近?!我最近正好會搬來這附近！」

能夠與喜愛的漫畫家住在同一區，簡直像在做夢一樣。

徹平執勤的警察局就在旁邊，或許他們早就已經擦肩而過了也說不定，也或許之後有機會在某處相遇。

「原來如此，那今後也請多多指教了。不過穗高老師剛才還在店裡，真可惜你錯過了……」

「什麼？妳說老師剛剛就在這裡嗎？」

徹平仔細看了看簽名板，發現簽名旁邊的日期正是今天。他咬牙懊悔著，居然錯過了跟老師見面的機會。

「希望哪天你也能遇到老師。」

「嗯，我也希望。」

徹平心想，今天沒見到老師固然遺憾，不過如果在沒有心理準備的情況下遇見，自己或許會因為太過驚訝而做出失禮的舉動。

（**不曉得穗高老師是什麼樣的女生……**）

身為粉絲的徹平還是很期待能夠見到漫畫家本人的，但如果不好好控制自己的好奇心，那就跟變態沒什麼兩樣了。他告訴自己千萬不可以太厚臉皮。

不過他還是得先想好，萬一遇上穗高八重老師時要說些什麼話。

他將書店店員遞來的紙袋抱在懷裡，一邊無邊無際地幻想，一邊走出書店。

2

「希望這天氣能夠維持到傍晚。」徹平仰望烏雲密布的天空，喃喃祈禱著。

今天不是一個適合搬家的天氣。

氣象預報顯示今天下午天氣會轉壞，所以徹平計畫要在中午之前搞定搬家工作。

他沒有太多行李，只有兩個紙箱和一個行李箱，所以他並沒有委託搬家公司，而是向朋友借了一輛迷你麵包車裝載東西。

他要搬離警察單身宿舍並不是因為結婚，而是有其他原因。警察宿舍有門禁，晚上不能出去玩，所以幾乎沒有交女朋友的機會。徹平擔心再這樣下去自己會單身一輩子，於是他煩惱半天，最終決定搬出宿舍。

儘管決定搬出宿舍，但他也不算特別富裕；而叫他自己開伙，他卻連荷包蛋都煎不好——當他在常去的定食屋傾訴這些煩惱時，正好有一位常客大叔是本地的房屋仲介。

大叔推薦他搬去「燕館」，也就是徹平接下來要入住的分租套房，反正他不怕跟別人同居，對於隔間規劃也沒有特別要求。

徹平原本打定主意，不管那個分租套房再破爛他都不會抱怨，不過從照片上看來，那裡似乎理想過頭了。

既沒有門禁時間，距離他工作的警局也很近，最關鍵的因素，是每個月租金只要五萬，還包含早餐和晚餐。

條件這麼好的地方，房租卻十分便宜，據說是因為房東出租房子只是興趣，覺得大房子裡只住夫妻兩人太過寂寞，所以才改建成套房出租。

徹平原本懷疑房子是不是出過什麼事，但在聽過具體原因之後就鬆了一口氣。

他按照房屋仲介給地圖，開著迷你麵包車來到有一整排高大鐵柵欄的道路上。因為柵欄那一側有綠籬遮擋，所以他無法從外側窺知裡面的情況。

這些鐵柵欄後面，或許就是他今後即將入住的地方了吧？

他沿著柵欄開了一段路，來到了磚造的大門前方，汽車導航告訴他，已抵達了目的地。

「可以從這裡開進去嗎？」

大門敞開著，透過門看向裡面，只看到一大片豪華庭園和一條筆直延伸的氣派紅磚道通往建築物的玄關。

（應該沒有標示禁止進入吧？）

他仔細確認過沒有注意事項的招牌後，才戰戰兢兢地開車進入。

徹平從今天開始入住的地方，是一棟叫「燕館」的分租套房。他與房東一直喬不攏時間，所以在沒有事先參觀的情況下就簽了合約，今天是他第一次實際來到這裡。

「話說回來，這地方也太驚人了吧。」

如果要用一句話形容，這裡就像電影中會出現的歐式宅邸。

解謎才不像漫畫那麼簡單

徹平因為建築物比想像中氣派許多而有些震驚，一般租屋往往都是照片看起來比實際好，燕館卻是實際屋況遠比照片豪華。

徹平把迷你麵包車在看起來像是玄關的門前停好，離開駕駛座向四周眺望。燕館的庭園很大，鬱鬱蒼蒼的樹木、花壇和家庭菜園散布其中。

「這裡真的是套房分租嗎？」若說這裡是有錢人的豪宅或飯店還比較合理。在幾層階梯的頂端，可以看見一扇對開的大門，那裡就是玄關了吧？

玄關前有一處凸出的遮雨屋簷，旁有一個與宅邸配色相同的狗屋。狗屋上的「榛名」應該就是狗的名字吧？從狗屋的大小推測，他們飼養的大概是大型犬。

徹平這個人最奇妙的地方就是很有狗緣。不管是哪一種狗狗，看到他都會興奮地搖著尾巴，舔得他滿臉口水。他也曾經想過，如果自己在女性中也這麼受歡迎該有多好，然而現實總是殘酷的。

「好，先去打聲招呼吧。」

用來當作招牌的巨大原木木板上，用漂亮的字跡寫著「燕館」。既然有招牌在，想必他要入住的地方就是這裡沒錯。

這麼大的建築物應該有管理人吧？那首先，必須先去問候那位今後將會麻煩到的房東才行。徹平拿起放在副駕駛座的甜點禮盒站到玄關前。

正當他不確定是否該敲響舊式門環、通知住在裡面的人時，就發現旁邊有一臺附監視影像的新式對講機。

他緊張地按下音符圖案的按鈕，鈴響是舊式門鈴的聲音，發出了「咘」的一聲。

「請稍等。」

徹平還沒來得及自我介紹，就聽見一道冷淡到不可思議的聲音。

（對方好像不喜歡我？）

房仲大叔說，這裡的房東是一位喜歡與人親近的老爺爺，所以回答對講機的大概就是管理人吧。

他事前說過今天會搬來，可能對方早就聽說過徹平的來歷，所以才沒有多做確認；不過從防盜的角度來說，對方未免也太缺乏警戒心了。

徹平心裡盤算著，看來必須找個適當時機提供對方一點防盜建議比較妥當。

這時，屋內有人把門打開了。

「新房客就是你這個頭腦簡單、四肢發達的傢伙嗎？」

對方一開口，既不是問候「你好」也不是「歡迎你的到來」，徹平愣了一下，直到看見對方的臉後又是一驚。

「你不是上次的——」

從屋裡出來的人，正是前幾天在書店撞到的美少年。看到對方投來的冰冷視線，徹平就知道他還在生氣。

（也是啊……）

一個高中生用好不容易存下來的零用錢買到的珍貴畫冊，卻被別人留下髒兮兮的腳印，不管是誰都會心懷不滿吧？

「那個，請問管理人在嗎？」

徹平以為他是幫忙看家，豈料對方一聽到這個問題，更加不悅地蹙起眉頭。

「我就是管理人。房東是我爺爺，平常屋子的管理也是我爺爺在處理，只不過現在由我暫時代理。」

「你不是還沒成年嗎？」

居然讓一個孩子做這種工作——徹平語氣僵硬地說道，結果對方的語氣反而變得更緊繃了。

「我二十歲了，是大學生。」

「大學生！」

徹平的驚呼更加惹惱了對方。看樣子，外表比實際年齡小這件事是他的雷區。

「我看起來不像成年人，真是抱歉啊。」

「對、對不起。」

身材嬌小又是娃娃臉，所以徹平才會以為對方是高中生。但即使得知他的實際年齡，也仍舊覺得他的長相只能用「美少年」來形容。

「這是房間鑰匙。我帶你參觀一下，跟我來。」

他大概是想盡快完成自己的工作吧，但既然今後要生活在同一個屋簷下，徹平還是希望能和對方拉近距離。

「開始參觀之前，至少可以告訴我你的名字吧？」

徹平知道屋主的名字是「八重樫富士雄」，不過眼前這位的來歷他不是清楚。他猜想這位應該是屋主的親戚，不過他還是想聽對方親口說明。

「我是八重樫穗高，是房東的孫子。」

「你的名字叫『穗高』？」

「你有意見？」

「是個好名字呢！跟我最愛的漫畫家同名！只不過那位漫畫家是姓穗高。啊，我可以叫你穗高嗎？我是鈴川徹平，你叫我徹平就可以了，今後請多多指教！」

管理人的名字與喜愛的漫畫家一樣，徹平頓時覺得他看起來親切許多。但他伸出來準備握手的手卻被忽略了。

「這邊是飯廳，後面有廚房。」

「喂，你竟然無視我！」面對穗高冷冰冰的態度，徹平原本高昂的情緒瞬間萎靡。

「我沒有無視你，我在幫你介紹，所以請安靜聽我說。」

「我們的年紀差不多，應該可以交個朋友吧。」

「少跟我裝熟。我看過你的簡歷——警察、單身，我只需要知道這些就夠了吧？這麼不懂與別人保持適當距離，怪不得你交不到女朋友。」

「我、我還是有女性朋友啊！」

「是你家鄉的青梅竹馬或同事，對吧？」

「呃，你怎麼會……」

徹平手機裡儲存的女性聯絡人，全都是家人、幼稚園一同長大的朋友以及已婚同事。雖然也有人找他聯誼，不過他很不擅長應付那種場合。朋友說他的缺點就是太容易緊張，可是他也不知道要怎麼改。

「我只是亂猜的。」

「搞什麼啊……」

徹平想，他是不是掌握了什麼線索，就像他猜中自己是警察那樣，但想想似乎又不太可能。

只不過隨便亂猜都能猜中，徹平不禁為自己的單純好騙感到沮喪。

「可以去參觀其他地方了嗎？」

「啊，好的……」

穗高用眼神示意——別再說些有的沒的，快點跟上。

徹平雖然還有話要說，不過此刻還是決定先閉嘴。

「那邊是洗衣間，你可以自由使用。如果對於清潔劑品牌有個人堅持的話，請自己去買。只要寫上名字，就可以放在架子上。再來，那邊是公共浴室，男女入浴時間不同，進去之前請先看貼在那邊的時間表。房間裡也有淋浴間，你只想在房裡淋浴也無所謂。」

「公共浴室？這裡以前是旅館嗎？」

「只是我爺爺自己喜歡才蓋的而已。他原本是想挖溫泉，但因為太花時間所以只能作罷。他說這裡原本是某公司社長的私人住宅。」

「啊，是這樣啊……」

在徹平這樣的小市民眼裡，公共浴室的改建可不是喜歡就能動手的事。收購這樣的豪宅再進行改裝，又以遠低於市場行情的金額出租，想必穗高的爺爺是非常有錢的大富豪吧。

（聽說他現在過著閒適的隱居生活，那麼在他隱居之前，到底是做什麼的呢？）

徹平很想了解詳細情況，不過打聽個人隱私實在很不禮貌。他只好壓下好奇心，把注意力拿來觀察四周。

「這是什麼知名畫家的作品嗎？」

他注意到屋裡到處都裝飾著油畫。玄關旁、樓梯平臺處、飯廳牆壁上──掛在各處的油畫看起來都是同一位畫家的作品。

這些隨處可見的風景和靜物看起來像練習作，細緻優雅的筆觸感覺有些寂寥。徹平沒有學過藝術，所以不懂這些畫的價值，但他卻莫名喜歡。

「那些是爺爺喜歡才掛上去的，你為什麼想知道？」

「我只是覺得很喜歡。我對畫不了解，不過看到這些畫讓我覺得很放鬆。」

「是嗎……」

「啊，你一定在想『反正你又不懂，問那麼多幹嘛』，對吧？」

「欣賞這種東西不需要具備什麼知識，看到畫有什麼感覺就是什麼感覺，這樣就夠了。」

「是、是嗎？」

徹平還以為穗高會反唇相譏，沒想到對方卻意外和善。穗高陰晴不定的態度讓他有些困惑。

（我實在不太懂年輕人啊。）

徹平也算年輕，只是學生和社會人士總歸還是有點隔閡。

跟在穗高身後走上二樓，樓梯盡頭就能看到正前方的露臺。露臺打造成帷幕玻璃的溫室，排列著種植觀葉植物、香草等植物的長形花盆。

朝左右延伸的走廊兩側都是門。仔細看就會發現，門上掛著房間號碼與房客的名牌。

「你的房間——應該說所有分租套房——都在二樓。那邊的樓梯可以通往屋頂閣樓，不過未經允許不可以上去。」

「我、我怎麼可能做那種事啊……」

說是這麼說，不過一聽到「屋頂閣樓」就心動了也是事實。那不是很多人小時候嚮往的地方嗎？

「你的房間在那邊。」

正要進入房間時，一名綁著雙馬尾的可愛小女孩從走廊盡頭的房間探出頭來。大概是聽到他們兩人的對話，對新來的房客感到好奇吧。

「穗高哥，有客人啊？」

「栞，妳來得正好。這位從今天起就要住在這裡，妳也來跟他打聲招呼吧。」

被稱為栞的小女孩露齒微笑，禮貌地向徹平打了聲招呼：「大哥哥好。」

「妳好，我叫鈴川徹平，今後請多多指教。」

因為經常舉辦交通安全講座，所以徹平已經很習慣跟小孩子打交道。雖然小孩子常常瞧不起他，不過也有很多孩子很快就會對他敞開心房。

「我是田村栞，請多多指教。」

兩人鄭重地互相鞠躬。

「妳叫我徹平，我會很開心的。」

「那你就叫我栞吧。我現在正就讀花梨小學四年級。」

「真的嗎？我們最近正好要去花梨小學舉辦交通安全講座。第一次去你們小學還有點擔心，現在有認識的人在我就放心了。」

「交通安全講座？」

「就是用假人示範突然衝出馬路有多危險，或是讓大家體驗如何正確騎腳踏車的活動。」

這類活動一般會請當地志工協助，模擬實際發生危險的狀況。對於小朋友來說或許很無聊，不過他們會盡量花心思勾起孩子們的好奇心，減少孩童日常生活的危險，這正是徹平的工作。

「別看他這個樣子，他是警察。」

「警察？好厲害啊！」

「哎，也沒什麼厲害的。不過能聽到妳這麼說我很開心。」好久沒有被人稱讚，所以徹平感到特別開心。

「真是一點也不謙虛。」

「只是開心一下下有什麼關係！」

聽到徹平反駁穗高的嫌棄，栞嗤嗤地竊笑著：「你們感情真好呢。」

「誰跟他感情好！」

穗高立刻的否定，讓徹平很受打擊。

「你別說那種話，我們可以當朋友嘛。」

「誰跟你是朋友？」

「你們這樣就是感情好呀。我還有作業要寫，先走了喔。穗高哥、徹平哥再見。」

看到栞準備退回房裡，穗高突然想起一件事，開口說道：「啊，對了，栞，剛才的布丁應該已經涼了，妳寫完功課就可以吃了。」

「太好了！我會盡快把作業寫完的！」說完，栞便衝勁滿滿地回到房裡去。

「你會做布丁啊？真厲害！」徹平由衷地佩服，但得到的回應卻很冷淡。

「沒什麼了不起的，只是把雞蛋和牛奶混合放進烤箱烤而已。」

「我連荷包蛋都煎不好，所以我覺得這樣就很厲害了！」

徹平挑戰過自己做菜，但他老是把食物煮焦，怎樣都無法成功。看樣子他非常缺乏做菜天分，只好無奈放棄。

比起自己烹飪，用微波爐解凍冷凍食品對他來說才是最省時省力。

「連荷包蛋都煎不好，你也未免太扯了。」穗高用遇到鬼的眼神看向徹平。

徹平雖然不會做菜，不過不會做菜也還是可以活下去。

「就是因為不會做菜，所以才會選這個附早晚餐的分租套房啊。」

「原來如此。」

「所以呢，我的房間在哪裡？」

「那邊，二〇五號就是你的房間。」

穗高把鑰匙插進寫著二〇五號的房門上，慢條斯理地把門推開，讓徹平先進去。

徹平踏入房內，忍不住驚呼：「哇，房間好寬敞！」

分配給徹平的房間有四坪，床鋪與衣櫃一應俱全，還有小型的一體成形浴室、盥洗室與洗手臺。這對於行李不多的徹平來說已經很夠用了。

「裡面有盥洗室、洗手臺和淋浴間，使用方式應該不用我說明吧？這裡也有Wi-Fi，要用的話就輸入這個ＩＤ和密碼。」說完，他遞給徹平一張寫滿文字的紙條，上面除了無線網路密碼之外，還有燕館的房客注意事項。

上面提到了「晚上請保持安靜」「有客人來訪必須提前告知」等等規定，和警察宿舍差不多，只是沒有宿舍那麼嚴謹。

「這一條是什麼？飯廳電視的頻道選擇權屬於年紀最小的人？」

「因為有栞在。」

「啊，懂了。」

這種事其實不用交待，其他人自然也會讓給栞。不過明確列入規定裡，她就可以不用跟大人搶電視了。

「如果還有其他不明白的地方，到時候再問我。」

「了解，謝謝你的介紹。」

「你要吃早餐和晚餐對吧？如果不回來吃飯，最晚要在前一個禮拜的禮拜五之前告訴我。另外，你對什麼食物過敏嗎？」

「食物過敏沒有，不過我不怎麼喜歡菇類。」

尤其是香菇，那個口感他實在受不了。徹平對討厭的食物很敏感，只要高湯裡用了菇類，他喝一口就會知道。之前有個牌子的瓶裝茶用了菇類當材料，他所有朋友都沒發現，只有他注意到了。

「我不是問你的口味。順便補充一點，我不接受點餐，也禁止有人挑食。」

「不會吧……」

話雖如此，徹平還是覺得穗高或許不會那麼壞心眼。

穗高的表情固然冷淡，但態度還算親切，他覺得穗高這個人其實還算不錯。

縱使兩人第一次見面的印象很糟，不過撇開那次不提，彼此之間或許能夠相處融洽也說不定。

「啊，對了。」正要離開房間的穗高停下腳步，回過頭來。

「還有什麼事嗎？」

「你今天沒穿那件醜陋又俗氣的背心呢，這樣穿好看多了。」

「呃！」

徹平第一時間覺得開心，旋即又想到這句話根本不是稱讚。他是因為要搬家，所以今天才穿著不怕弄髒的T恤、連帽上衣和牛仔褲。

徹平原本稍稍對穗高改觀了，但現在他要收回那些話。

3

「好，就這些了。」

行李很快就搬完了。天空中的烏雲變得更加厚重，不過幸好沒有下雨。徹平在拆行李之前，必須先把車還給朋友。

他把車鑰匙放進口袋，去飯廳通知穗高一聲。

「你現在方便嗎？」

「有事？」

「我的行李搬完了，要出去一下，把借來的車還回去。」

「我知道了。」

這時，一隻黑貓跟著穗高走了過來。

「哦，有貓啊？」

「牠叫那智。」說完，穗高蹲下身抱起那智。

黑貓有著圓滾滾的藍眼睛，是一位長相可愛的女生。全身覆蓋著柔軟的黑毛，只有肚子下方是白色的，有點像是穿著白色內褲。

「是美女呢！牠是什麼品種？」

「米克斯。還是幼貓的時候被丟在我們家庭園裡，貓媽媽沒有來接牠，所以牠就變成我們家的孩子了。」

「嘿，妳被丟在一個好地方呢。」

這裡的房子和庭園都很寬廣，對貓來說應該是個好住處。

「還有一件事情我要先提醒你，玄關的門一定要隨手關上，記住了嗎？」

「知道了，不過為什麼呢？」

「不小心讓那智跑出去的話會很麻煩。」

「什麼嘛，原來妳是被幽禁在閨閣的千金嗎？不過牠這麼可愛，的確會令人擔心。我叫徹平，今後也請多多指教……好痛！」徹平正想摸摸那智的頭，就挨了一記慘烈的貓貓拳。

「那智討厭陌生人，你別亂碰牠。」

「明明狗狗都很喜歡我……」

不曉得為什麼，只要是狗都很喜歡徹平，不管脾氣多壞。

「喜歡你的狗都是公的吧？」

「咦？」

被那智嫌棄不是因為牠是貓，而是因為牠是女生嗎？

徹平不曾注意過之前親近他的狗的性別，不過正如穗高所說，那些狗的確有可能都是公的。

（原來不只是女人，就連雌性動物都嫌棄我嗎？）

事到如今才發現這個事實的他感到有些錯愕。

「對了，你今天要吃晚餐嗎？」

「今天就有晚餐吃嗎？」

「今天晚上吃咖哩，所以多一個人也沒問題。」

「咖哩！我會盡量早點回來的！」

一聽說晚餐是自己最愛的咖哩，徹平原本低落的情緒又瞬間拋到九霄雲外。

他走到屋外時，雨已經開始滴滴答答落下。徹平匆忙坐上駕駛座，就聽見遠處傳來轟隆轟隆的雷聲。

「看來今晚似乎會有狂風暴雨。」他隔著擋風玻璃仰望天空，喃喃自語道。

「唔哇，連內褲都濕透了。」

徒步走回來的徹平被淋成了落湯雞。雖然撐了傘，還是擋不住橫向打來的雨水。

徹平在玄關屋簷下揮了揮塑膠雨傘甩去雨滴，把傘放進傘架，一邊心繫著咖哩一邊打開玄關的門。

「我回來了！咦？怎麼回事？」

他一回到住處，就看到穗高和栞臉色蒼白地在玄關大廳等著。兩人一看到徹平，同時露出了失落的表情。

「什麼嘛，原來是你……」

「『什麼嘛』是什麼意思！」看到兩人同時出現這種反應，徹平深受打擊。

栞低垂著頭，告訴徹平他們兩個人心情低落的原因。

「那智不見了。廚房的窗戶開著，我們猜牠或許是被雷聲嚇到，從那邊跑出去了……」

「我們去外面找過卻沒有找到。雨這麼大，就算那智跑出去，也應該在庭園裡才對，可是……」

徹平仔細一看，穗高也全身都淋濕了。

「貓不是天生喜歡出去外面嗎？肚子餓了就會回來吧。」

「你在說什麼鬼話？牠可能會被車撞，可能會感染流感，也有可能和其他流浪貓打架受傷，我們怎麼能悠悠哉哉地在家裡等著！」

「對、對不起……」

徹平沒養過動物，所以沒有考慮那麼多。聽完穗高的話，他不禁開始自我反省。

「是我不好……我不該遷怒你的，都怪我沒關窗戶。」

「我說話不經大腦也有錯。」

「那智或許真的跟他說的一樣，肚子餓了就會回來。我們把那智的貓糧放在外面試試。」

「我去準備！」說完，栞就跑去拿那智的貓糧。

「已經有人替我們去找了，我打算等他回來再出去找一次。」

「我去吧，你先去換一件衣服。反正我已經弄濕了，再濕一次也無所謂。」

徹平拉住一臉蒼白、準備再次衝進雨中找貓的穗高。或許是被雨淋濕的緣故，他的氣色看起來很差。

「我沒關係。」

「如果智回來發現飼主不在，也會很不安吧。你趕快去換衣服，不要感冒了。」

「你不是也一樣？再說我根本沒有理由讓你一個房客去找貓。」

「這種時候要聽長輩的話，而且我這個受過訓練的警察和你這個大學生不同。啊，那個是那智愛吃的東西嗎？」

「可是——」

「別再跟我爭論了。」

穗高仍在猶豫不決，徹平則是直接拿走他手中的點心袋。

「你很聰明吧？能不能猜猜那智可能會去的地方？就像上次猜中我是警察那樣。」

「我怎麼可能知道！」穗高的語氣因為焦慮而顯得有些暴躁。

「亂猜也沒關係，你就推理看看吧。」

徹平安慰著穗高，穗高也對自己剛剛的態度有些難為情，他咳了幾聲之後，動腦思索著。

「牠會很害怕，應該不會跑太遠，加上牠討厭水，或許會躲在某處避雨。」

「還有想到什麼嗎？」

「我有時候會帶牠去後面的小屋，所以牠可能會去那裡。我剛才看過牠不在，不過也許就在附近。這是小屋的鑰匙，保險起見你先拿著。」穗高從口袋拿出鑰匙交給徹平。

「我明白了，我會優先搜索不會淋到雨的地方。」

徹平拿著貓零食跑出玄關。零食袋上寫著「魚板乾」，是一種把魚板切成薄片再烘乾製成的食物。

他開始在庭園各處尋找那智。這個美麗的庭園充滿樹木與植物，卻不適合跟貓咪玩捉迷藏，現在不但下雨，太陽也開始西斜，要找黑貓就更加困難了。

「那智！有妳最愛的魚板乾喔！」

也不知道牠會不會理會才剛認識不久的徹平的呼喚，不過徹平還是邊走邊喊著貓的名字。

（如果我靠近反而讓牠逃走的話，那怎麼辦呢……）

比起胡亂刺激那智，請穗高過來才是比較妥當的辦法吧。

而且比起無頭蒼蠅般地搜尋，猜測那智可能會去的地方應該更有效率。這麼一想，徹平開始試著以那智的角度思考了起來。

如果是自己，會選擇躲在什麼地方呢？在這樣的大雨中，牠應該不可能隨意亂走，比較有可能在某處避雨。

徹平環顧四周，看看庭園裡有沒有能夠躲雨的場所。這時，他注意到在庭園後側那個像大型置物櫃的小屋。

「那個就是穗高提過的小屋吧。」

繞著小屋周圍走了一圈，小屋的屋簷很短，即使緊貼著牆壁站立也很難完全躲開雨水。徹平拿出鑰匙打開門鎖，看了看小屋裡面，卻沒有發現那智的蹤影。

「看來沒有那麼容易找到啊。」

庭園四周被鐵柵欄環繞，連綿不絕的綠籬緊靠簇擁著鐵柵欄，外人想要進來沒那麼容易，一隻貓要鑽出去卻十分簡單。

就在徹平到處尋找那智時，雨勢也變得越來越猛烈，大到幾乎遮蔽視線，甚至讓他寸步難行。

「可惡，沒辦法了，暫時先回去吧。」

徹平稍早還大言不慚地保證了一番，現在卻沒有半點收穫就回去，他自己也覺得不甘心，不過繼續在這場雨裡漫無目的地奔走好像也沒什麼意義。

「應該沒有在這邊吧？」

他最後檢查了玄關旁的狗屋，果然也不在。

「找到了嗎？」

似乎一直等在玄關前的穗高眼中帶著期待看向徹平，但一看到他空空的雙手，目光又瞬間黯淡下去。

「抱歉，我沒找到……」

「沒辦法，看這個雨勢，那智應該會在某處躲雨。等明天雨一停我再出去找找看。」

「我上班之前也會幫忙找的，到時候再叫我一聲。」

「謝了。」

穗高似乎沒什麼力氣對徹平冷言冷語。雖然兩人才剛認識，不過沒聽到他惡言相向，徹平總覺得好像有哪裡不對勁。

「你也趕快去洗澡吧，繼續穿著濕衣服，就算是笨蛋也會感冒的。」

「承蒙您吉言。」既然關心就老實說啊！

不過看到穗高稍微恢復毒舌，徹平還是鬆了一口氣。

（看來明天要早起了。）

明天是搬進來的第二天，加上是雨天，他打算暫停一次每天固定的晨間慢跑，轉而幫忙尋找那智。

既然這樣可不能感冒了。徹平回到自己的房間，準備拿出換洗的衣服。

「啊，糟糕，我忘記把房門關上了。」

他想起規定上寫著：離開房間之後務必鎖門。

下次他一定會注意的。

「咦，我的運動服放在哪裡？」

紙箱的上蓋雖然打開了，不過他還沒把行李拿出來。

當初行李收拾得很隨便，他自己也不知道哪個東西收在哪邊。他沒有太多私人物品，所以打包行李時只想著到時候全部倒出來就好了。

「嗯？」

突然，他發覺紙箱看起來有點奇怪。雖然東西塞得很隨便，但也沒塞得那麼凌亂。不知道為什麼，衣物竟然膨脹到蓋子都蓋不起來了。

徹平不想誤會其他房客，但他發現紙箱的樣子與他離開房間時好像有點不同。

或許是他勉強把衣服塞進紙箱，衣服才會湧出來吧。徹平一邊思索各種原因，一邊看向紙箱裡面。

「那智！」他驚訝地睜大雙眼。

眾人找了半天的那智，居然捲成一球，在紙箱中呼呼大睡著。

那智被徹平的大喊驚醒，不安地看著四周，似乎忘記自己身處何處。接著視線對上從上方湊近的徹平，那智立刻發出難以形容的慘叫。

「喵！」

「好痛！」

驚慌失措的那智朝徹平臉上狠狠一抓，緊接著動如脫兔般奔出房間。

徹平一邊追著那智，一邊用在一樓的穗高也能聽見的音量大喊：「喂，穗高！我找到那智了！」

他來到一樓，只看到那智被穗高抱在懷裡。那智看著徹平的表情活像是被非禮了一般。

徹平臉上雖然被那智狠狠抓傷，還是對於那智能夠回到應該待的地方而鬆了一口氣。

「那智，我們很擔心妳呢！妳剛才躲在哪裡？」

「真的很抱歉，我忘記關房間的門了，剛才發現牠躲在紙箱裡睡覺。」

「原來是你的錯嗎？」

「對不起……」

「不過，看在你幫忙找那智的分上，還是謝謝你。」穗高一臉不自在地道謝。

「大概是我的衣服躺起來很舒服吧。」

「你快去洗澡吧。才剛搬來就感冒的話，我會很困擾的。毛巾在架子上，你就用那個吧。」

穗高雖然沒有直接表現出來，不過徹平知道他是在擔心自己，並以此代替感謝的話語。

徹平回到二樓拿換洗衣物。才剛搬來就忙得不可開交，他卻十分慶幸與穗高的關係能夠因此而更加融洽。

今天似乎可以好好睡一覺了。他慢條斯理地走回房間。

「哇！」

一看到房間裡的慘況，徹平忍不住大叫了起來。

「怎麼了，徹平哥？」

「喂，又怎麼了？」

栞和抱著那智的穗高跑到徹平的房間一探究竟，錯愕的徹平把殘破不堪的漫畫單行本舉起來給兩人看。

「我、我新買的書……我才看完第一話……」

「啊，被那智拿來磨爪子了。」

眼見心愛的漫畫變得破破爛爛，徹平大受打擊。他原本還打算慢慢看的……想到這裡，他忍不住垂頭喪氣起來。

「沒關係，反正還能買到……」

與穗高買的畫冊不同，這在國內能夠輕鬆買到，所以打擊雖大，不過也不是再也買不到的東西。

解謎才不像漫畫那麼簡單

「你不用重買一本。」

聽到穗高的話，徹平的怒意頓時湧上心頭。

「雖然書變成這樣還是勉強能看，可是——」

「我不是那個意思……你跟我來一下。」

「我為什麼要聽你的話？」徹平也覺得自己的反應很幼稚，但此刻他很難表現得沉著冷靜。

「你過來就是了。」

徹平百般不願地跟在穗高身後。

穗高帶著他前往隔著玄關、位在飯廳對面的房間，這裡似乎是穗高的房間。打開房門，首先映入眼簾的是直達天花板的訂製書櫃。

「這裡是你的房間嗎？」

「原本是圖書室，所以我連藏書也一併繼承了。」

除了窗戶外的所有牆面都被大量藏書淹沒，空間規劃仍保留著圖書室原本的模樣。房間正中央擺著書桌，看起來實在不像大學生的私人房間。

「這裡有地方睡覺嗎？」

「後面有床。過來這邊。」

穗高拿起一個堆放在房間角落的紙箱隨手拆開。角落中，有好多紙箱上仍貼著宅配單據，就這樣放著不處理是不是太懶了一點？

「裡面的東西你隨便拿吧。」

聽他這麼說，徹平低頭看向紙箱，裡面裝的全部都是穗高八重的漫畫單行本。

「你也是她的粉絲嗎？」

在這種地方遇見同好，徹平的心情十分激動。既然這樣，怎麼不早點說呢？

「你腦子壞掉了嗎？一般人再喜歡也不會買這麼多吧？因為畫漫畫的人就是我。」

「啥？畫？」

「我的意思是，那本書的作者就是我，我的筆名是『穗高八重』。」

仔細一看，紙箱上正寫著出版社的名字。徹平來回看著漫畫單行本和穗高的臉好幾次之後，終於大聲驚呼起來。

「咦咦咦咦咦咦咦咦！」

「你一直以為我是女的吧？真可惜。」

徹平曾經想像過自己和作者在書店裡擦肩而過的畫面，卻沒料到原來他們早就講過話了。此時此刻，他不曉得該如何表達自己複雜的心情，只能怔愣地凝視著拿在手裡的漫畫單行本。

Chapter 2

捕捉偷花賊大作戰

Solving mystery does not work like manga

解謎才不像漫畫那麼簡單

1

徹平每天固定要做的事就是上班之前去慢跑。無論多睏多想睡覺，只要去跑個一兩圈，腦袋就會清醒過來。

「看樣子，今天也會是好天氣。」

拉開窗簾仰望窗外晴空萬里的天空，昨天的驟雨彷彿不曾發生一樣。

徹平換上平時的慢跑服裝離開房間。今天他有好好關上房門，避免那智再度跑進房內。

他昨天晚上已經把行李都整理完畢了。私人物品少就是有這種好處，他從小就經常跟著父親調職搬家，所以已經習慣避免增加過多的生活用品。

徹平一手拿著慢跑鞋，輕手輕腳地走下樓梯，盡量不吵醒其他房客。途中，他注意到玄關上方鑲嵌著色彩鮮豔的彩繪玻璃。

「哇……」

晨光從彩繪玻璃映入室內，醞釀出耀眼的夢幻氣氛，這種風格簡直就像老字號高級飯店一樣。他突然有種自己好像誤入了什麼奇異地方的錯覺。

說實話，他沒有住過老式飯店，這完全只是他自己的想像。

「咦？」

他打開玄關的門，發現門居然沒有上鎖。難道是因為昨天手忙腳亂，所以忘記了？

晚一點還是跟穗高說一聲比較好。沒想到那個人看起來做事穩妥，也會有疏忽的時候。不管怎麼說，畢竟他還只是個大學生嘛。

不過話說回來，昨天真是發生了不少意外事件。

與偶然見過的少年（其實是青年）重逢，接著尋找行蹤不明的貓咪，而最讓人不知所措的，就是得知那位青年居然是自己最為尊敬的漫畫家。

「沒想到那傢伙就是穗高老師……」

雖然他由衷希望能見老師一面，卻不曾想過兩人會以這種方式邂逅。

今後自己該用什麼態度面對他呢？尊敬是尊敬，然而現實與情感卻無法找到平衡點。

如果對方不開口說話，那絕對是一位氣質很好的美少年，只不過嘴巴有點毒舌。

（他對我的印象肯定很差吧？雖然我不是故意的……）

兩人的邂逅，居然是在不小心踩到重要畫冊那樣糟糕到不能再糟糕的時間點，徹平留給穗高的印象早就惡劣到無法翻身了。雖說今後也能想辦法彌補，不過總感覺還是有點不好。

昨晚，徹平本來打算認真思考該如何挽回自己的名譽，不過因為實在太累了，他一沾到床沒幾分鐘就徹底睡著。

燕館準備的床鋪舒適到令人髮指，彈性絕佳，不會太硬也不會太軟，讓人可以一瞬間進入夢鄉。

無論環境多麼惡劣都能夠快速睡著，這也算是徹平的特殊技能之一。不過，這裡真的舒服到讓人不禁懷疑自己之前睡過的床到底都是些什麼。

原本，徹平還擔心思緒太多會睡不著，結果只是杞人憂天。他睡得很沉，甚至沒有做夢。

（可是，穗高為什麼要引退呢？）

穗高的引退宣言沒有提到具體原因，書迷之間也一直議論紛紛。不過畢竟不是當事人，再怎麼討論也沒有答案，還是必須問穗高本人才會知道。

徹平原本想著穗高還很年輕，今後肯定還能畫出許多作品——但這終究只是外行人的想法吧。

來到屋外，冰冷的空氣輕觸臉頰，陽光把枝頭上的雨滴照得閃閃發光。這裡的排水似乎不錯，紅磚道上的積水已經乾了不少。

昨天開車進來的大門此刻正關閉著，不過旁邊的鐵柵欄小門卻微微半開，難道是昨天的風雨吹開的？

徹平推開小門，注意著腳下略高的臺階，一邊小心翼翼不被絆倒，一邊抬腳通過，結果太過於專注腳下，一不小心就撞到了頭。

「痛……」

腦袋狠狠撞到紅磚的一角，頓時讓他疼痛不已。正當他按住額頭忍著不出聲，就聽到一個沒好氣的聲音說：「你在幹嘛？」

「呃啊，穗高？」

丟人的一幕正好被穗高看到，徹平心下一緊，臉上因為難為情而微微發燙。

「你對尊敬的漫畫家就是這種態度嗎？」聽到徹平不小心吐露的心聲，穗高愉快地揶揄著。

「我、我有什麼辦法！我的腦子現在還是一團亂啊！」

老實說，徹平根本無法相信自己尊敬的漫畫家與眼前的穗高是同一個人。即使像這樣面對面站著，他還是覺得對方只是個年紀比自己小的狂妄少年。

「我沒有做出什麼擾亂你的事吧？話說回來，都怪你沒事長那麼高，通過小門的時候自己小心一點。」

「我有注意腳下的臺階啊！話說你起得真早，大學生不是正在放春假嗎？」

「我姑且算是管理人，該做的事情還是要做。」

徹平看他手裡拿著掃帚，大概正在打掃庭園。身為管理人，穗高還是有認真負起責任的。

「啊，徹平哥早安。」

一回頭，就看到栞拿著澆花器站在那裡。徹平本來以為自己起得最早，結果看來只是第三名。

「栞，早安。妳也起得很早呢。」

「嗯，因為我要幫忙穗高哥，還要澆花。」

「能夠早起幫忙，栞真是了不起呢。」

「嗯……」

對於徹平的稱讚，栞沒有露出開心的樣子，表情反而十分黯然。

「怎麼了？妳看來很沒精神。」

「我剛剛過來幫忙澆水，就看到花圃變成那樣了……」

徹平看向栞指的地方，只見花壇有部分變得一片狼藉、慘不忍睹。

「這是怎麼回事？太過分了！」

花朵遭人亂摘，地上凌亂地散落著花瓣和葉子，不管怎麼看，都不像是昨晚暴雨造成的。

「我好不容易等到聖誕玫瑰開花，結果居然被別人摘走了……」

看到栞這麼難過，徹平頓時湧上一股怒氣。

「對方可能是刻意選了沒有被暴雨侵襲的花朵。偷花賊雖然被稱為『雅賊』，不過偷走栞養大的花這種事我可不能不管。」徹平義憤填膺，似乎對於讓穗高和栞難過的行為相當憤怒。

「花是在晚上被偷走的嗎？」

「雨是在半夜停的，所以可能性很大。而且這不是第一次了，不久之前，對面的花壇也慘遭毒手，我們小心提防了一陣子，沒想到一個不注意又被得手了。」

「你們報警了嗎？」

「要怎麼跟警察說？就算讓栞難過是不可饒恕的罪過，但我們實際上又沒有太大的損失。」

損失的金額確實不大，但讓人心情欠佳也是事實。況且這種惡作劇很有可能升級成更為嚴重的犯罪。

「只要把情況原原本本告訴附近派出所就可以了。我去說吧，順便讓同事加強這一帶的巡邏。」

請警察找出犯人或許很難，不過請同事加強巡邏倒是沒問題，這樣也可以防止之後出現更嚴重的損害。

「那就拜託你了。」

「謝謝你，徹平哥。他們真的能夠幫忙抓到犯人嗎？」

「嗯，畢竟員警的人力有限……」

儘管犯罪不分大小，但能夠分配搜索巡邏的人力還是有限。要找出毀壞花壇的犯人，說實話有點困難。

但一看到栞沮喪的樣子，徹平又無法說辦不到。

「啊，那我來逮捕犯人就可以了吧？」

徹平似乎想到了不錯的主意。雖說他隸屬交通指揮科，不過仍是警察。儘管無法在上班時間幫忙找犯人，不過可以利用下班或休假日進行搜查。

「哈？你又不是刑事組的警察。」

「所以我才時間充裕啊。平時基本上都能準時下班，也不用值夜班。」

「你願意幫忙抓犯人嗎？」

「沒錯，交給我吧。」聽到栞的問題，徹平抬起頭、挺起胸，自信地保證。

「這樣隨口答應，真的可以相信嗎？」

「我說可以就是可以！我一定會幫你們抓住犯人的！」

雖然也有可能抓不到，不過如果一開始就示弱，肯定會讓犯人逃掉的。

看到穗高一臉擔心，栞大突然發出一聲驚呼：「啊，有了！既然這樣，你和穗高哥兩個人一起找，那樣一定一下子就可以找到犯人了！」

「我和穗高？」聽到栞的提議，徹平有些不解。

「穗高哥可是名偵探呢。」

「原來如此！」

「他解決過很多事件喔。」

槑的這番話讓穗高一臉尷尬。

「不過是解決鄰居的小問題而已，而且我昨天也沒找到那智躲在哪裡……」穗高一臉困擾地否認，不過這讓徹平想起了初次見面時他那敏銳的觀察力。

「這麼說來，我們初次相遇時，你的觀察力確實很厲害呢，果然是名偵探！」

「不，那是——」

面對徹平時，穗高總是一副天不怕地不怕的傲慢態度，但他似乎很害怕聽到直率的讚美。徹平心想：很好，發現他的一個弱點了。

「那麼，我們來組成搜查小組吧。」

「搜查小組？」聽到徹平的提議，槑不解地歪著頭。

「我、穗高和槑一起來找出犯人。我一個人或許靠不住，不過三個人一起合作的話一定沒問題的，對吧？」

「喂，你想讓槑碰到危險的事情嗎？」穗高的臉色果然變了。

「槑當然是負責後方支援嘛。她可以去學校收集八卦傳聞，或許能夠得到與犯人有關的情報呢。」

「這點小事包在我身上！」

「好！等一下大家一起召開搜查會議！」

「搜查會議！」

徹平和栞兩人興奮不已，穗高卻用一臉複雜的神情阻止兩人。

「等一下，我可沒答應喔。如果我們亂來，反而刺激到犯人該怎麼辦？我是無所謂，但栞絕對不能被捲入危險之中。」

「穗高哥，我們不會做危險的事，就讓我幫忙嘛。我不想什麼都不做只能等待結果。」

「栞……」栞的懇求，似乎讓穗高有些進退兩難。

「無論如何，犯人不會只作案一次，很有可能發生第二次、第三次，所以我們必須先下手為強不是嗎？而且你也想為了栞抓住犯人吧？」

「那倒也是……」

「所以，第一步就是先收集情報。那麼我去慢跑了，順便到處查看一下。」

「徹平哥慢走。」

「喂，我還沒說我要加入——」

徹平假裝沒聽到穗高的抗議，轉瞬間就跑了出去。

徹平逐漸減慢速度，調整有點急促的呼吸。

「呼——」

他今天慢跑的距離比平時更長，也正好可以順便掌握附近狀況。距離車站徒步大約二十分鐘的住宅區很安靜，有林蔭步道和小公園，可以說是最適合慢跑的環境。

徹平因為擔任內勤工作，即使這一帶是他們警局的管轄範圍，他熟悉的也只有工作的警局與警察宿舍附近。

有家庭的上司常說這一帶很適合居住，直到今天他出來繞了幾圈之後，才深刻體會到這一點。

中等規模的超市和藥局在徒步就能走到的範圍內，附近還有內科和眼科診所等等。他甚至找到了幾家感興趣的餐廳，決定休假時要好好品嘗一下。

（唉，真希望有女朋友能夠一起去……）

心血來潮走進某家路過的餐廳，與女朋友互餵美食——這是他理想中的美好關係。

——這個超好吃，你快試試。那個可以給我吃一口嗎？

——我才不要。要吃你自己去點，你這個厚臉皮的傢伙。

然而，腦海中浮現的場景卻令徹平不解地偏著頭：「嗯？這種時候為什麼我會想到穗高？」

即使沒有女朋友，他也還有其他朋友。連普通的胡思亂想都會想到那個人，自己的腦袋究竟是怎麼回事啊？

就在徹平不解地歪著頭時，他看到兩名女性在公園裡牽著狗聊天。她們應該是附近的住戶吧？於是徹平決定向她們打聲招呼，順便簡單打探一下消息。

「兩位早安！」他不想被當成可疑人物，所以盡可能以開朗的語氣問候。

聽到問候，牽著黃金獵犬、年紀與徹平的母親相當的女士回過頭，對著他問道：「早。我沒有見過你，你住這附近嗎？」

對方雖然回應了，不過似乎仍有些防備，所以徹平主動自我介紹。

「我是昨天剛搬來的，敝姓鈴川。我住在那邊的燕館，之後還請多多指教。」

「原來是八重樫先生家的房客啊。你好，小榛和我們家的孩子也是朋友呢。」

「小榛？」

「牠應該在你住的地方吧？名叫榛名的黑色柴犬。」

「牠是不是和富士雄先生一起去旅行了？」

「啊，沒錯。」

「怪不得玄關旁邊有一間狗屋。不過對柴犬來說，那個狗屋也太大……啊，你們也請多——哇！等、等、等一下！」

徹平試著蹲下來對狗狗們打招呼，牠們卻搖著尾巴猛撲上來，像是要把徹平撲倒一般。

「五郎?!」

「住手，小空！」

徹平被黃金獵犬舔著臉，又被迷你臘腸犬撲上來，根本沒辦法好好說話。

飼主連忙拉回愛犬，但處於亢奮狀態的狗狗們卻怎麼樣都不肯聽話。

「不、不要緊的，我常常遇到這種情況。」

為什麼不管遇到哪種狗都會引發這種反應呢？如果女性們也對自己如此喜愛的話該有多好啊，只可惜現實總是無法順心如意。

等狗狗們冷靜下來，徹平抱起迷你臘腸犬交給牠的飼主。

「真的很抱歉，牠平常不會這樣……」

「沒關係。牠們喜歡我，我也很高興。」

徹平用袖子擦了擦被舔過的臉。狗狗們雖然乖巧了許多，卻仍靠在他的腳邊不肯離開。

此時，他突然想起穗高說過的話。

「順便問一下，牠們是男生嗎？」

「對，兩隻都是。」

「這、這樣啊……」

「只受雄性喜歡」這個說法似乎獲得了進一步的證實。徹平有些沮喪，但想起一開始過來的目的，旋即重新振作，決定認真打探消息。

「對了，我們家的花壇今天早上被人破壞了。各位家裡或附近也發生過類似的情況嗎？」

「小栞負責照顧的那個花壇嗎？居然有人做這麼過分的事！」

「我們家是公寓大樓，所以沒有那種情況。不過商店街最近似乎發生不少令人頭痛的問題。」

「什麼問題？」

「腳踏車輪胎被刺破、拿噴漆在鐵捲門上塗鴉……這類惡作劇最近越來越多了。」

「真的嗎？」

說是惡作劇，可是每一件都是足以立案的輕罪。毀損器物甚至可處三年以下有期徒刑或三十萬以下的罰金。

「我是聽蔬果店的老闆娘說的，我想應該是真的。造成人心惶惶真討厭。」

為了確認消息的真實性，徹平決定下班之後過去看看。他記得蔬果店就位在前幾天去過的書店旁邊。

「對了對了，田端先生家裡前陣子好像也發生過小火災？」

「我沒聽說過那件事欸。」

「請問是什麼時候的事？」

一聽到火災，徹平頓時一驚。如果是有人故意的話，那就是蓄意縱火了。

「好像是上個禮拜吧？那戶人家位在小學後側，他們發現放在外面的舊報紙燒焦了。」

「妳知道他們有沒有報警嗎？」

「好像沒有，畢竟火很快就滅了。他們覺得可能是有人亂丟菸蒂不小心燒到報紙。」

幸好火立刻就被撲滅了。但萬一一個不留神，恐怕就會演變成嚴重的火災。而且既然是人為蓄意縱火，就很有可能發生第二次、第三次。

火勢也有可能因為風向或天候因素演變成大火，因此從保護非特定多數人的性命、身體和財產的觀點來看，蓄意縱火的刑責會判得比人為疏失引起的火災更重。

「能不能幫我轉告那戶人家，這件事報案之後或許很難立案，但如果可以，還是希望他們找附近的派出所談一談。這麼一來，派出所就會把那一區也列入巡邏重點。」

「好是好，不過……」

兩人以相當不解的眼神打量著徹平。一個初次見面的男人叫她們去報警，她們理所當然會覺得十分可疑。

徹平連忙解釋道：「啊，我是警察，隸屬交通指揮科，所以幾乎都是內勤工作，也不負責巡邏。」

「原來你是警察啊，怪不得我覺得你的身材很好呢。」

「謝、謝謝。」

聽到稱讚，徹平覺得很開心。在局裡，他這樣的體格當內勤經常被說是浪費資源，不過他也不曉得自己什麼時候能調去刑事組，只能持續鍛鍊自己的身體。

「我也會去派出所知會一聲，不過由當地居民去說還是比較有說服力。」

「我回家就會打電話轉告他們的。」

徹平彎腰鞠躬，感謝對方的幫忙。

2

慢跑回來的徹平，淋浴完後便前往一樓飯廳。

他注意到裝飾在飯廳入口的玻璃容器中漂浮著花朵，應該是稍早從花壇剪下的花吧。

那些花被扔在地上的樣子令人難過，不過在水面搖曳生姿的模樣倒是十分優雅。

「早安。」

徹平正在賞花，一位擦著餐桌、把長髮紮在身後的美女向他打了聲招呼。她的年紀似乎比徹平大了幾歲，身上奶油色的圍裙很適合她。

「早……早安……」

一瞬間，他還以為是自己的幻想實現了。

晨跑回來，女朋友出來迎接，並且為自己準備早餐——他經常在腦海中想像的美好畫面此時此刻居然真的出現在自己眼前。

唯一不同的是，眼前的女子並不是自己的女朋友。

「你是新來的房客吧？」

「咦？啊，是的！我叫鈴川徹平！服務於青葉署，二十三歲！如果妳有任何困難，歡迎隨時來找我！」

徹平一本正經地自我介紹完後，只見對方輕輕地笑了笑。

「我聽穗高提過。萬一有事，那就要拜託你幫忙了。」

「好的！請儘管找我！」

聽到對方呵呵的輕笑，徹平覺得有點丟臉。他不太習慣與同輩女性相處，所以整個人緊張到不行。

「我在青葉醫院擔任護理師。不用找我自然是最好，不過如果身體不舒服，歡迎來找我幫忙喔。」

「我一定會去的！」徹平大聲地回答著。

這時，只聽見背後傳來冰冷的聲音：「快收起你那副色鬼的表情吧。」

「哇！你別偷偷摸摸出現啊！」突然有人在背後說話，徹平嚇得心臟重重一跳，連忙用手按著胸口抱怨。

「要怪就怪你幹嘛站在這裡發呆，不要妨礙步美姐工作。」

「妳叫步美嗎？名字真好聽！」

「謝謝。」

「步美姐，妳不用理會這傢伙。湯熱好了，可以幫我盛盤嗎？」

「好的，稍等一下。」

「啊……」

徹平的目光依依不捨地跟隨著女子走向廚房。

「你迷上步美姐了？」

「哪、哪有迷上！只是覺得她很漂亮……對了，她有男朋友嗎？」

「男朋友——沒有。」

「這樣啊……」

聽到穗高的回答，徹平默默在心裡擺出勝利的手勢。他對於這突如其來的相遇十分期待，會做菜而且年紀比自己大一點，這樣的女性簡直再理想不過了。

（接下來每天都能吃到她親手做的料理嗎？）

身上穿著圍裙，表示負責煮飯的人是她吧？昨晚的咖哩簡直好吃到令人驚訝呢。

「喂，你要在這裡站多久？該不會睡著了吧？」

「對、對不起！」

「菜已經煮好了，不過要自己去裝。飲料在那邊，隨你喜歡喝什麼都可以。」

放眼望去，只看見一臺開放式飲料機和各種高級茶包，也有豪華的濃縮咖啡機；這待遇跟單身宿舍相比，簡直是來到了天堂。

「冰箱裡的牛奶是料理用的，不准擅自拿去喝。如果想喝果汁或其他飲料請自己去買。這裡有小學生，所以原則上禁止喝酒。」

「了解。」

徹平一向只在外面喝酒，這對他來說不是什麼問題。儘管這裡有一些很繁瑣的規定，不過內容合理，他不覺得很難配合。

「各位，餐點都準備好了，請自行取用。」

「好，我馬上過去！」

一聽到步美的聲音，徹平立刻恢復精神，走去櫃檯拿取餐點。餐盤上正擺放著沙拉和主菜。

「花？漂亮是漂亮，不過這可以吃嗎？」

沙拉上撒著色彩鮮豔的花瓣，與漂浮在裝飾用的玻璃器皿裡的花一樣。

「聽過可食用花朵嗎？這些花雖然被扔在地上，不過都是可以食用的。栞好不容易才養大，丟掉太浪費了。這個是碧冬茄，這邊的是香雪球。」

「原來如此。」

聽著陌生的花名和香草名稱，徹平也只是右耳進左耳出，不過沒有浪費這些被破壞得亂七八糟的花草，也算是一件好事。

「大花三色堇你總該認識吧？」

「這個在警局也有種！大花三色堇也可以吃嗎？」

「可以吃，不過別未經許可就隨便亂吃。」

「這還用你說嗎！」

「我先提醒你，我們這裡不准挑食，禁止把食物剩下。」

「我怎麼可能挑……呃——」

才剛要拍胸脯保證，徹平就看到餐盤邊緣擺放著煎香菇。

（這、這傢伙絕對是故意的……）

他看了看穗高，對方臉上浮現著刻意的笑容，一定是他叫步美把香菇加進早餐裡的吧。但他也無法證明香菇是穗高故意加進去的，所以也不好責怪對方。

「你不會挑食吧？」

「當、當然。」

徹平回以不想認輸的笑容。另一方面，他也十分在意步美投來的視線，所以心一橫就把香菇放進嘴裡，連咬都不咬，趁著菇味還沒有在嘴裡擴散之前就吞了下去。

「好吃吧？」

「嗯，超好吃。」

這句話說得生硬且不帶任何感情，聽來像在念臺詞。徹平連忙又吃了幾口沙拉，想清除殘留在舌頭上的香菇味。

「這個真好吃！」

檸檬風味的沙拉醬有些微辣，吃起來很清爽。徹平沒多想就坦白說出自己的感想。

「微辣的味道來自金蓮花，碧冬茄沒什麼味道，所以沒有怪味對吧?裂葉芝麻葉是從後面的溫室採收來的。」

而隨意撕碎的細長葉子則是用來替德國馬鈴薯增添香氣。

「這個也是香草嗎？」

「那是迷迭香，味道很好聞吧？」栞在一旁插嘴。

「聽說下次會加進麵包裡喔。」

「麵包？」

「每天早餐的麵包，都是用麵包機在家裡做的。」

步美送來裝在籃子裡的麵包。現烤麵包的香氣挑逗著眾人的鼻腔，讓人覺得幸福滿足。

「怪不得我一直聞到一股香味。」

「麵包還有，多吃一點。」

「好的！」

看見對方殷勤鼓勵，徹平也就毫不客氣地大口咬著麵包。他看了看餐桌前的人之後，突然好奇發問：「住在這裡的房客，應該不只現場這些人吧？」

二樓有十二個房間，但目前在飯廳裡的，除了穗高之外只有三個人，怎麼想都太少了。而且昨晚似乎還有其他人幫忙尋找那智，只是現在沒有坐在餐桌前。

「當然。有些人還在睡，有人是長期出差，所以很難所有人同時到齊。」

「原來是這樣。」

如果工作上經常需要出差，住在這裡或許比較安心，否則長期無人居住的空屋很容易成為小偷下手的對象。如果是像這種分租套房，家裡總是會有人在的。

「還有一隻名叫小榛的狗狗平常也會在。」

「喔，牠啊，我剛才慢跑途中聽帶狗散步的人提過，聽說牠跟房東先生去旅行了？」

「我的祖父喜愛山嶽，經常開著露營車到處跑。榛名是祖父的旅伴。」

「啊，該不會是因為你祖父喜愛山嶽，所以才把你取名叫穗高吧？那智和榛名也都是山的名字吧？」

徹平記得那位祖父的名字就是富士雄。每個名字都與山脈有關，大概是不想動腦筋去想其他名字。

「沒想到你這麼清楚。」

「這點知識我多少也是有一點的。」

雖然不及穗高的推理能力，不過徹平自認為該有的知識還是有的。

「我不是在誇你。」

「這個我也知道！」

不用穗高特別強調，徹平也很有自覺。

「難得看到穗高對誰有這種態度呢。」

「……妳想多了。」

步美驚訝的反應讓穗高一臉尷尬。或許是想到自己幼稚的態度覺得丟臉吧，而後他便不再開口說話。

「你平常總是一副大人的樣子，看到你符合年齡的反應，我反而放心了。」

「……」

年紀輕輕就成為暢銷漫畫家，又被迫成為宿舍管理人，或許他因此習慣了逞強。

與徹平相遇之初，大概是當時情況混亂且十分不美好，所以穗高來不及戴上大人的面具。

（從這個角度來看，或許他已經對我敞開了心房吧。）

如果這句話被穗高聽到，他八成只會反駁「別開玩笑了」，不過徹平還是決定樂觀看待。

「啊，對了，穗高，你明天有空嗎？」

「沒有。」

「不要立刻拒絕嘛！大學生應該正在放假，可以給我一點時間吧？我們下午一起去打聽消息。」

「你自己去就好。」他臉上真心地寫著「麻煩」兩個字。
「搜索工作基本上是兩人一組，而且我對這附近還不熟，你幫我帶個路嘛。你認識的人應該比我多吧？」
「我是本地人，認識的人當然比較多。」
「我中午前要上班，不過下午就有空了。好不好？拜託——我自己一個人沒把握。」
徹平雙手合十苦苦哀求，穗高則是一臉無奈地重重嘆息。
「……真拿你沒辦法。」他不情願地點頭答應。
「好！那麼我們明天下午三點在商店街的書店會合，一起去揪出偷花賊吧！」
「好啦好啦。」
雖然表情嫌棄，不過穗高似乎沒有想像中地無動於衷。證據就是，他立刻從口袋拿出手機，點開行事曆記下約定時間。

3

「慢死了，自己定的時間至少自己要遵守吧。」
徹平一抵達會合的地點就被罵了。他已經盡力趕來，卻還是比約定時間晚了十五分鐘。

「對、對不起，因為工作有點延遲……」他氣喘吁吁地解釋著。

「那至少應該先通知我一聲吧？」

「我有想過要聯絡你，可是我沒有你的聯絡方式。」

「……這麼說來，我的確沒告訴過你。」

徹平只知道燕館的室內電話，但他沒有問過穗高的手機號碼或電子信箱。他原本打算打電話去燕館問問其他人，又覺得有時間做那些事情不如盡快趕來。

「那趁這個機會，我們交換一下聯絡方式吧。」

「為什麼我要把個人隱私告訴你？」聽到徹平的提議，穗高蹙起眉頭。

「有什麼關係嘛，我們都住在同一個屋簷下，需要那麼拘束嗎？除了搜索之外，萬一有需要卻沒辦法立刻聯絡到人，你也會很困擾吧？像今天這情況也是，假如我知道你的手機號碼，你就不用替我擔心了。」

「我才沒有擔心你。」

「既然這樣，你待在書店裡看書不就好了，為什麼一副心神不寧地站在門口？」

「啊，吵死了！好啦，手機給我。」

大概是覺得繼續堅持下去太浪費心力，穗高搶過徹平的手機，一臉不滿地輸入自己的電話號碼。

這段期間，徹平無事可做，只好環顧著書店內部。

他沒有多想就走到漫畫單行本專區，看見一名男孩滿臉渴望地緊盯著一本單行本。

「你也喜歡那套漫畫嗎？」

「啊！」

男孩緊盯著的，正是穗高前幾天剛出版的新作。

畢竟是人氣作品，書迷很多，可惜徹平身邊的人不太看漫畫，他也沒遇到能一起聊漫畫的對象，此刻才會忍不住開口搭訕。

（**我本來以為穗高也是書迷，沒想到居然是作者本人……**）

要他對作者本人傾訴內心想法實在太丟臉了，不過如果同樣是書迷的話，彼此就能夠推心置腹。

「我也很愛這套！尤其是主角的設定超讚，直率又表裡如一，我也想要成為那種人。你喜歡哪個角色？」

「呃……」

「啊——」

還沒得到答覆的男孩突然一溜煙就跑掉了。難得有機會與同樣是書迷的人聊天，這下徹平大概被對方當成可疑人物了吧。

徹平沮喪地垮下肩膀，只聽見背後傳來了沒好氣的聲音。

「你在幹嘛？嚇唬小孩子嗎？」

「我才沒有嚇唬小孩子！剛才那孩子好像也是你的書迷，我以為我們也許能聊得來，才主動搭話的……」

「喂，你別嚇跑我的書迷好不好。你沒事長這麼高，需要更謹慎一點。」

「唔……」

這麼高大的身形或許真的不常見。徹平在舉辦交通安全講座時，因為身穿制服，所以不會被當成可疑人物。不過如果穿著私服，一般人就不知道他是警察了。

「你可以晚一點再繼續情緒低落。我們不快點行動，太陽就要下山了。接下來呢？要先去哪裡？」

「我在慢跑途中聽附近的人說，這一帶頻頻發生亂塗鴉、小火災等看似惡作劇的行為，或許和毀壞花壇的是同一個犯人，我想去受害者家裡打聽看看。」

「你知道受害者住在哪裡嗎？」

「我有打聽到發生小火災的住戶的所在地，你認識田端家嗎？」

「那一家我很熟，走那邊。」

徹平跟著穗高來到商店街住宅區的一角。這一帶有許多古意盎然的住宅，應該有很多居民久居於此。

「是這間嗎？」

「嗯，如果你沒打聽錯的話。」

田端家也是懷舊的平房建築，四周綠籬環繞。徹平仔細觀察著是否殘留小火災的痕跡，不過他什麼都沒發現。

穗高按下了對講機。不一會兒從對講機裡傳來閒適的聲音。

「哪位？」

「我是八重樫。很抱歉在您繁忙的時候過來打擾，我們有點事情想要請教，請問現在方便嗎？」

「哎呀，這不是穗高嗎？好久不見了。門沒鎖，你自己進來吧。」

「打擾了。」

推開大門進入院子，只聽見玄關「喀啦」一聲打開了。

「歡迎，快進來，我去泡茶！」

「不用，在玄關說就好了。」

「你說那是什麼話啊。家裡有好吃的羊羹，快點進來吃吧。這位是你的朋友？」

「啊，我是——」

「不是。」

「你……」

雖然兩人確實稱不上朋友，不過聽到對方立刻否認還是很傷人。

「他只是我們家的房客。他有事情想請教，所以我把他帶過來了。」

對方似乎很習慣穗高冷淡的說話方式，所以完全沒有把他的態度放在心上。

「我是田端敏子，和穗高的祖母是朋友，我甚至幫他換過尿布呢。」

「我是鈴川徹平，您好。」

「……」

穗高在一旁苦著一張臉。他似乎從小就認識敏子女士，所以在她面前有點抬不起頭來。

「穗高這個孩子性格很冷淡，不過不是壞孩子，你和他要好好相處啊。」

「是，當然！」

「過來這邊坐吧，我現在就去泡茶。」

兩人聽話地在客廳沙發坐下，看著敏子女士送來了綠茶和綠褐色的羊羹。

「請用。」

「恭敬不如從命。嗯……好吃！」

抹茶口味的羊羹很甜，尾韻卻很清爽，所以就算再多也吃得下。

作為搭配的綠茶也跟風味馥郁的羊羹很搭，這跟徹平在警局喝到的綠茶完全不是同一種飲料吧。

「對吧？因為這個實在太好吃了，我很想到處推廣呢。」

「非常適合搭配綠茶呢。」

「就是說啊。甜食這種東西，有人一起吃會比一個人吃更加美味，沒錯吧？」

「我懂。能夠有人一同分享美食，心情就會很好。」

徹平正與敏子融洽地聊著天，就被人輕輕踹了一腳。

「你是來吃羊羹的嗎？你有事要問吧？」

「啊，對。」

羊羹的美味使徹平完全忘了最初的目的。他把最後一塊羊羹塞進嘴裡，搭配茶水吞下去之後，再次開口：「其實是這樣的——」

徹平說明了家裡的花壇被破壞，在追蹤偷花賊的過程中，聽說這裡發生過小火災，上門拜訪是想要了解情況。

聞言，敏子露出了傷腦筋的表情。

「如果是前一陣子那件事，其實算不上什麼小火災。星期一是舊報紙的回收日，我們前一天晚上把舊報紙放在門口，那些舊報紙只是稍微燒焦了一角而已。我們猜測，可能是有人亂丟菸蒂造成的吧。」

「縱火的事或許與偷花賊無關，不過也有參考價值，為了謹慎起見，還是希望您能夠把詳情告訴我們。」

「你是說，這跟跟偷走小栞的花的犯人可能是同一個人？」

「我認為有這種可能，所以正在進行調查。」

「也是。只是就算告訴你詳情，我想也沒什麼幫助。具體情況不過是我早上出門打掃時，看到家門前的報紙燒焦了而已……」

「您發現時，火已經滅了嗎？」

「是啊，報紙角落有五公分左右的焦痕。那天從凌晨就開始下起小雨，或許是因為這樣，火才會很快就熄滅了。」

「您的報紙是放在大門附近嗎？」

「對，只要把報紙統一放在門外，派報社就會過來回收。」

不管是刻意縱火或是亂丟菸蒂，還好火勢沒有演變成一發不可收拾的災禍。

「幸好沒有造成火災。順便問一下，那些報紙呢？」

「請派報社回收了。」

「也是……」

徹平心裡期待著能夠留下證據，卻還是慢了一步。

「不過，我前一陣子看過一個奇怪的陌生人，雖然不曉得那個人是不是縱火的犯人。我記得應該是在星期六晚上看到的。」

「真的嗎?您還記得是什麼樣的人嗎?」聽到敏子的話，徹平馬上起了興趣。

「記得，長相我也看到了。對方是有點胖的圓臉男人，年紀大約和穗高差不多，頭戴連帽上衣的兜帽所以很引人注目。他來回走過我們家前面好幾次。」

「圓臉而且有點胖……」徹平在隨身筆記本記下特徵。

「啊，筆記本可以借我一下嗎?」

「呃，好的。」

他將筆記本遞給敏子。

「我想用畫的比較快。大概是這種感覺的圓臉，頭髮有點凌亂……這樣有參考價值嗎?」

「這、這個嘛……」

敏子的畫風太過前衛，很難判斷長相。徹平心想，她的繪畫程度大概跟自己差不多吧。

「外行人果然畫不出來。穗高，你可以幫忙嗎?」

「呃，不，我沒畫過側寫的像畫……」

「別說那麼多，試試看嘛。」

敏子硬是把筆記本塞給穗高。穗高無法拒絕，不情願地拿起了自動鉛筆。

「如果畫得不像，你們別抱怨啊。」

「沒關係。那麼，準備好了嗎？中等體型，中等身高，只是有一點點胖，瞇瞇眼，長得有點像女兒節娃娃的男生，穿著是——」

按照她的形容，穗高很快地隨筆速寫了出來。

「哦呀！太佩服了……」

看著自己崇拜的漫畫家以纖細的手作畫的模樣，徹平甚至有點感動。此時的穗高彷彿正在施展魔法。

「嗯——嘴巴應該再小一點？眉毛要更濃。」

穗高好幾次擦掉重畫，最後將完成的人物肖像拿給敏子看。

「如何？」他微調之後放下自動鉛筆。

穗高畫出來的是一名年約二十歲左右的青年。

「對對，就是這種感覺！專業的果然不一樣！」

聽到敏子的話，穗高的表情突然暗了下來。

「我已經不是專業人士了，只是普通的藝術大學學生。」

「不過啊，你既然有機會當上漫畫家，退出不是很可惜嗎？很多人喜歡你的漫畫吧？」

「我也是其中一個呢！」徹平忍不住插嘴。

「是嗎？既然這樣，你也勸勸他吧，說你還想繼續看他的漫畫，叫他繼續畫下去。」

「嗯，是這樣沒錯。不過……」徹平欲言又止。

穗高突然站了起來。

「謝謝您花時間回答我們的問題，您提供的消息很值得參考，那我們今天就此告辭了。」

「哎呀，你們要走了嗎？」

「喂，穗高！」

「是我問了不該問的事情嗎？」

「謝謝您回答我們的問題！也謝謝您的茶和點心！」

徹平迅速喝掉剩下的綠茶，連忙追上穗高。來到屋外時，穗高已經走遠了。

徹平加快腳步，開口喊道：「穗高，等等我！穗高！」

「吵死了，你不要一直大喊我的名字。」穗高不耐煩地停下腳步。

「不好意思，可是你剛才的反應很沒禮貌吧。」

「我知道。」

他的臉上寫滿自我厭惡。

穗高的年紀雖然比徹平小，不過基本上算是理性成熟的大人，而敏子的話似乎觸及到了他的地雷。

「不是沒有惡意，就什麼話都能說。」

「……」

穗高沒有說話，再度抬步往前走。

徹平對著他的背影問道：「我問你，你為什麼不當漫畫家了？」

聽到徹平的問題，穗高停下腳步回過頭，眼神彷彿在看什麼髒東西。

「真不敢相信，你居然在這種時候還問這個問題，你的神經真的可以再粗一點沒關係……」

「不管現在問或其他時候問都一樣吧？你是不是在連載的時候遇到什麼不愉快的事了？」

面對徹平進一步的追問，穗高重重嘆息：「不是那種原因，只是因為我想畫的東西已經畫完了。」

徹平覺得這理由有點像在敷衍搪塞，難道是自己多慮了嗎？

「說是這麼說，可是你不想再畫畫了嗎？」

「我現在還是有在畫啊。」

「是嗎？」

「你也看到了不是嗎？掛在樓梯間的油畫。」

「嗯？」

「裝飾在我們家裡的油畫都是我畫的。」

「咦？那些是你畫的?!對了，剛才聽你說你是藝術大學的學生，我也覺得那些畫的畫風很像穗高老師的風格呢。」

徹平心想，怪不得自己會對那些畫有好感，原來是這個原因啊。

「豈止是畫風很像，那些就是我的作品啊。」

「話是那樣沒錯，但你顯然刻意讓兩者有明顯的差別。」

「說起來，我會成為漫畫家只是意外，能夠出道也只是初學者的運氣。」

「才不是……」

「那個圈子不是心血來潮想畫就能畫的世界，沒有那麼簡單。如果我繼續帶著玩票的心態去畫漫畫，就跟說謊騙人沒什麼兩樣。」

「咦？」

穗高最後補充的這句話聽起來十分沉重，徹平不禁愣住了。

「你再繼續提起這件事，我就把你趕出宿舍。」

「你……你這是濫用職權！」

「你才是侵犯個人隱私。」

「……對不起。」

徹平低頭反省自己是不是太愛多管閒事了。即使說出口的話是出於善意，但若造成對方不愉快，那就是一種困擾。

徹平不懂該如何拿捏這種距離，所以經常搞砸人際關係。他不擅長揣度親密與裝熟之間的分界。

他只能反覆咀嚼著罪惡感與焦慮，定定地注視著穗高走在前方的背影。

4

「那麼，搜查會議開始。」講究場面的徹平誇張地宣布道。

晚餐過後，他們在飯廳舉行了搜查會議。成員是徹平、穗高和栞，他們認為把各自收集來的情報整合分享會更有效率。

（一方面純粹是我想體驗召開搜查會議的感覺……）

徹平這樣告訴穗高，穗高聽了忍不住想翻白眼。但不管理由是什麼，只要合情合理就沒問題了。

「首先，請看這個。」

一張附近區域的影印放大地圖在餐桌上攤開。

「這些記號是什麼？」湊近看著地圖的栞問。

「出過事的地方我都加上了記號。」

地圖上是徹平把自己和穗高收集來的情報整理好，呈現出來的具體成果。

每樁犯案造成的損失都只是微乎其微，頻率卻異常地高。腳踏車輪胎被放氣、店門前的直立式關東旗被推倒——這種程度還不至於需要報警，所以事情並沒有鬧大。

徹平也很清楚被害者對於報案心生猶豫的原因——寫報案三聯單很花時間，為了一個不曉得能否抓到的犯人花幾個小時待在警局裡，未免太不值得了。

（不但會遭警察白眼還很浪費時間，一想到就讓人忍不住打消念頭……）

即使犯人真的遭到逮捕，也不曉得能否獲得損害賠償。如此一來，也就不難理解他們選擇把委屈往肚子裡吞的原因了。

「列出來一看才發現，這麼短的時間內，居然發生過這麼多起破壞他人財物的事件。」

「的確從月初開始案件數量就急速增加……」

開始有人注意到這些惡作劇，是在這個月的月初左右。在那之前也發生過酒醉鬧事，不過破壞他人財物是在這幾個禮拜才突然急遽增加，週末發生案件的次數尤其多。

「這個月和平常有什麼不同嗎？因為到了學年尾聲？」

「月初還不算是學年尾聲吧？大學大致上開始放春假了，不過國高中還沒有。」

「犯人是大學生嗎……聽說嫌犯跟穗高的年紀差不多。啊，我影印了嫌犯的肖像畫，可以讓大家看一看。」

「這個人就是犯人嗎？」栞仔細看著肖像畫。

穗高提醒道：「還不知道這個人是否就是犯人，這只是田端女士看到的可疑人物而已。」

「原來如此。」

「如果妳看到他，不准主動上前攀談或跟蹤。我要妳立刻告訴大人，哪個人都可以。還有，妳出門時一定要有人陪著。」

「好——啦。」

萬一遇到對方，對方又真的是犯人的話，栞恐怕會有危險。既然加入搜查小組成為其中一員，至少安全方面必須更加小心。

「那麼，栞搜查官，請報告妳打聽的結果。」

「是！」

栞在學校裡幫忙收集八卦傳聞，沒想到孩子們把大人的談話全都聽進去了。

「聽說隔壁班由奈家裡的罌粟花也在開花那天全部被摘走了。還有，老師說學校花壇的大花三色堇也被偷了。」

「受害者果然不只我們。妳能不能向老師打聽，大花三色堇被偷那天的詳細情況呢？」

聽到徹平這麼要求，栞露出了無能為力的表情。

「對不起，我從今天開始也放春假了……」

「這樣啊……」

學生放假，教職員應該仍要上班。徹平決定親自去學校請教老師。

「破壞私人財物的人與破壞花壇的犯人會不會是同一個人呢？我不希望犯人是同一個，但如果有很多人都在搞破壞的話，那也很可怕。」

「妳說得對，也有可能是不同人所為……」聽到栞脫口而出的一番話，徹平頓時愣住了。

他下意識認為搞破壞的都是同一個人，但犯人的確可能不只一位。如果不是同一個犯人所為，那犯罪行徑當然看起來不自然了。

「說起來，偷花賊的目的到底是什麼呢？」

「不是因為想要花嗎？」

「如果只是這樣那還好，但如果是為了搗亂——痛！」徹平話還沒說完，就被穗高狠狠踹了一腳。

「目的是什麼不重要吧？我們又沒辦法得到答案。」

「不，可是——痛！」

這次徹平的腳被狠狠踩住。穗高眼神冰冷地瞪著他，在他還沒來得及開口抱怨之前，穗高便湊近他耳邊小聲提醒：「會嚇到栞的事情都不准說！」

「我、我錯了……」

聽到穗高的指責，徹平立刻自我反省。因為急於找出真相，他實在是太欠缺考慮了。既然找犯人是為了栞，就應該更加顧慮栞的感受。

「各位要不要休息一下喝個茶呢？我相信這樣也能讓頭腦更清晰。」

「步美姐！」

徹平正在低頭反省，步美就從廚房端來了三個馬克杯，空氣中頓時飄散著甜甜的香味。

「如果你討厭花草茶的話，我先說一聲抱歉。」

「步美姐為我們泡的茶一定好喝。」徹平接過馬克杯，正經八百地說道。

看穗高朝他翻了個白眼，他突然覺得自己刻意耍帥的舉動很丟臉。

「請問這是什麼茶？」

「檸檬草洋甘菊花茶。是我用花壇那些被折斷的花草曬乾製作的茶，很香吧？」聽到徹平提問，栞為他解答。

「怪不得有甜甜的香味。」

香氣這麼迷人，喝起來的味道應該也很棒吧。徹平怕燙到，輕輕地喝了一小口。

「如何？好喝嗎？」

喝下一口之後，徹平的表情變得很是複雜。

「嗯……味道很清爽。」

那是他這輩子第一次嘗到的味道。徹平也不太了解這到底算不算好喝，勉強說來就是很新潮的味道。

「噗！」

看到徹平一臉難以描述感想的模樣，穗高偷偷「噗哧」笑了出來。

「不准笑！」

「我又沒笑。」

「今天家裡格外熱鬧呢。」

就在徹平與穗高進行著無謂的爭執時，一個金色長髮在後腦勺紮成馬尾的男子一臉睏倦地走進飯廳。

中等身材的他穿著印花襯衫和窄管褲，頭髮大概有一陣子沒整理了，黑色髮根已經長了出來。或許是外表的關係，怎麼看都不像是在上班的人。不過也因為他的容貌俊逸，讓他整個人有一種獨特的氣質。

肌膚白皙、單眼皮的鳳眼、薄唇、清爽乾淨的五官，再加上紮在後腦勺很像尾巴的頭髮，讓人忍不住聯想到狐狸這種動物。

「一志哥，好久沒看到你了！」

從栞的反應看來，對方似乎是不常出現的人物。

「喲，栞。我這陣子都在忙工作，所以整天窩在房間裡。妳最近還好嗎？」

「嗯，我很好。一志哥你呢？」

「我快累死了，不過一看到妳的臉我就恢復精神啦。」

嗯，似乎是個很會甜言蜜語的人。

「早安，二階堂先生。」

「早安？」

聽到這個與時間不相符的問候，徹平不解地問了一句。

金髮男人解釋道：「嗯，因為我才剛睡醒。我是在家接案的軟體工程師，作息時間日夜顛倒。是個沒見過的生面孔呢，你是新搬來的房客？」

「我最近剛剛搬來，敝姓鈴川。」

「我是二〇二號房的二階堂一志。我們可能不會經常遇到，不過還是請多多指教。」

徹平回握對方友善伸出的手。

「你們在幹嘛？」

「正在調查偷花賊。」

「調查？」

「我種在外面花壇的花被偷了。」

「偷走栞的花？真是不知好歹的傢伙啊。」

二階堂的憤怒不難理解，徹平自己也覺得生氣，才會主動攬下抓犯人的工作。

「我們要抓犯人，所以組成了搜查小組。」

「哦，這麼正式嗎？那也讓我參一腳吧。」聽到栞的說明，二階堂似乎也有了興趣，他興味盎然地湊近看著地圖。

「參一腳參一腳！一起來！搜查員增加了呢，對吧，徹平哥！」栞開心地報告。

「怎麼？鈴川是隊長嗎？」

「不是，我只是最初提議的人……」

「徹平哥是警察喔。」

「哦，你的正職工作嗎？了不起。既然說要進行搜查，所以你是刑事組的人？」

「不、不是，我不是刑事組的。雖然我是警察，但只是內勤而已，不過我想盡力去做我能做的事。」聽見對方表達出的敬佩之意，反而讓徹平有點無地自容。

「原來如此，這些就是打聽到的成果嗎？那你們接下來打算怎麼做？」

「我想請外勤同事加強巡邏。不過巡邏的效果還是有限，所以我計畫利用休息時間自己去調查。」

雖然已經請派出所在附近加強巡邏，還是很難說服他們積極著手調查。

「靠雙腳身體力行啊。唉，不過外行人能夠做的頂多就是這樣了。」

雖然徹平不願意承認，不過二階堂說得沒錯。儘管如此，徹平覺得自己還是有其他能做的。

「我每天都會早起慢跑，所以可以順便巡邏，至少要保護好栞的花壇才行。」

「我真是佩服你的熱情啊，只是與其特地早起巡邏，不是也可以加裝防盜監視器監嗎？」

「……你說得對。」聽到二階堂的提議，徹平有些愣住了。

他完全忘記世界上還有如此現代的工具可以使用。即使不裝防盜監視器，車上的行車紀錄器也有可能拍到什麼畫面。

再去拜訪一次，請對方拿錄影畫面給自己看的話，或許會有新線索也說不定。

「可是，裝那種東西不是很貴嗎？」

如果委託保全業者，每個月都要花一筆不小的金額。徹平瞬間想起了自己不算飽滿的錢包。

「自己動手安裝就用不著花那麼多錢，只要買器材就足夠了。你們看，大概是這種類型的。」

二階堂從口袋拿出手機搜尋之後拿給他們看。價格比想像中便宜，不過還是很肉痛。徹平只能努力告訴自己這是必要的開銷。

這時候，穗高湊近看了看手機螢幕。

「這種程度的金額，可以用管理費支出。」

「咦？」

「你腦袋壞掉了嗎？這種錢怎麼可能讓房客出。」

「啊、這、這樣啊……」徹平發現自己好像想太多了，頓時覺得有點丟臉。

「我可以幫忙安裝，只要拍得到外面的花壇就可以了吧？」

「謝謝，記得事後再跟我請款。」

「了解。總之先讓我吃飯吧，我好餓啊。」

「我去幫你準備。」

「我自己來就好。加熱就可以了吧？今天吃什麼？」

「漢堡排和玉米濃湯。」

「太好了！」說完，二階堂快步走向廚房。

今天的漢堡排也十分美味，可惜上面放了嫩煎蘑菇。徹平真的很討厭菇類，但因為每天都得吃，所以大致上已經習慣了。

一開始他都是直接吞下去，後來就沒有那麼討厭了。被那個味道破壞心情也只不過是一瞬間而已。

「我們家花壇的花幾乎只剩下殘骸吧？就算安裝防盜監視器，犯人也不太可能再次上門，不是嗎？」

「的確……」

雖然不希望犯人再來一次，但如果犯人一直不出現，就沒辦法揭穿他的真面目了。

「我有一個計畫，我們來設陷阱如何？」

「陷阱？」

「在資源垃圾回收日的前一天，把廢棄紙張拿出去外面，並且監視一整晚。這樣如何？裝上防盜監視器就不用在外面埋伏，等到看見疑似嫌犯的人物出現時，再出去逮捕就好了。」

而且如果事先準備好滅火器，預防真的遭人縱火，那情況也就沒有那麼危險了。

「可是，真的會那麼順利嗎？」

「不試試怎麼知道？總之，我們盡全力試試，責任就由我來承擔吧。」

凡事都要跨出第一步才會有個開始。

「說什麼責任你來承擔，這裡的管理人可是我啊。你小心一點，不准發生什麼意外。」穗高潑冷水一般說道。

「不用你提醒，我當然會小心的。」

徹平隱約感覺一切會很順利。

雖然這自信毫無根據，不過他還是抬頭挺胸地接下任務。

5

「哇！」

一打開玄關的門，徹平忍不住慘叫出聲。

樓梯上有人放了老鼠屍體，害他差點踩到，還好臨時大步一跨才勉強閃過。

「為……為什麼會在這種地方啊？」跨過老鼠站穩腳步的徹平喃喃說著。

如果出現在花壇或家庭菜園也就算了，這隻老鼠居然是死在紅磚樓梯的最上層。

他覺得最好在其他房客醒來之前把老鼠屍體清理乾淨，他猜穗高應該把掃除工具收在狗屋的後面。

他借用畚箕輕輕撈起老鼠的屍體。

（莫非這也是惡作劇的一環？）

這時，另一種可能性也閃過徹平的腦海——難道，是有人跟蹤？

他覺得最有可能被跟蹤的人是穗高，可是一想到被迫壞的花壇，又猜想目標也有可能是栞；而步美在許多人進出的醫院工作，因此也有被鎖定的可能。他越想越覺得自己的懷疑很有道理。

「可是大門應該鎖著吧？」

徹平昨晚已經仔細檢查過大門的鎖，那對方究竟是從哪裡進來的呢？用梯子或許能夠跨越鐵柵欄，但對方只為了放死老鼠就做這種事嗎？

「體型夠瘦的話，應該鑽得過去？不，可是……」

或許，請二階堂幫忙多裝幾臺防盜監視器會比較好。雖然裝太多可能會侵犯房客隱私，不過如果只是暫時的，大家或許能夠諒解。

不管是走到這裡死掉或是有人故意擺放的，老鼠都沒有錯。所以徹平打算把牠埋在庭園的某處。

他正環顧庭園，尋找適合的位置，就聽到玄關發出開門聲。

「早安，徹平哥。你今天也好早啊。」

「早、早安。」

徹平忘了，棨也同樣會早起。

「你在這裡做什麼？」

「沒、沒事。」

他連忙把死老鼠藏在背後。讓女孩子看到的話，可能太刺激了。

「你藏了什麼？」

「不，那個，我想棨還是別看比較好……」

徹平不想隱瞞，不過他覺得棨還是別知道比較好。但徹平狼狽的態度反而挑起了棨的好奇心。

「為什麼？」

「怕妳會不舒服。」

「別擔心，我完全不怕蟲子的。」

「其實是玄關有死老鼠……這種也不害怕嗎？」

聽到徹平的坦白，棨露出悲傷的表情。

「原來如此……我不會覺得噁心啦，只是老鼠先生真可憐……是不是幫牠做個墳墓比較好呢？」

「我也是這麼想的，所以正在找埋老鼠的地方。如果可以的話，能不能讓我埋在花壇的角落？」

「嗯，應該沒問題。不過比起花壇，埋在樹根附近好像比較好。你等一下，我去拿鏟子！」說完，栞便跑向某處。

用生物惡作劇這種行為，不只是令人不悅，也令人十分憤怒。可是一感受到栞的溫柔，徹平憤憤不平的情緒就獲得安撫了。

（難道……）

穗高是因為這些惡作劇，才不想繼續當漫畫家嗎？人氣太高，確實很容易引來危險人物。

「久等了，過來這邊吧。」

「我拿過去囉。」

栞手上提著一個水桶，水桶裡裝著鏟子和耙。徹平接過之後跟在她身後，栞則是帶著他來到建築物後側的一棵樹前。

「這裡適合嗎？」

「這是什麼樹？」

徹平能夠分辨的頂多只有正值花期的櫻花樹。

「這是檸檬樹。等到天氣變暖就會開花，我想到時候老鼠先生就不會那麼寂寞了。你看，這裡有花苞吧？」

「真的耶，原來檸檬是長在這種樹上啊。」

徹平蹲下身，小心翼翼地挖著洞，避免傷到樹根，接著把老鼠輕輕放入洞裡，重新蓋上泥土，再用鏟子背面鋪平土壤。

「墳墓是不是做個記號比較好呢？」

「也是……」

聽到栞的提議，徹平環顧四周，看到不遠處有一顆雪白的石頭。

「老鼠沒有名字，就用這顆石頭代替吧，妳看怎樣？」

他撿起石頭，拍掉石頭上的泥土，用衣角擦了擦之後交給栞。

「嗯，我覺得很漂亮，也很適合。」

兩人在老鼠先生的墳墓前雙手合十。

「謝謝妳的幫忙。」

「我也要謝謝徹平哥為了保護我的花壇那麼認真。」

「不客氣。那麼，我差不多該去巡邏了。」

「路上小心。我也要去看看花壇，我們一起走到那裡吧。」

「話說回來，這座庭園真是驚人啊。」

「那邊的田裡種著蔬菜，是放假時大家一起播種的。」一邊走，栞一邊替徹平介紹庭園。

雖然還沒開花，不過作為綠籬的植物似乎都是薔薇。這樣正統的庭園角落居然有家庭菜園，令人感到有些不可思議。

「聽說這座庭園原本是穗高哥的祖母打造的。等到開花的季節，就會飄散著很好聞的花香。」

徹平仔細一看，庭園到處都長著許多花苞。要照顧這麼大一座庭園應該很辛苦，不過花朵盛開時想必一定是美不勝收吧。

「我會很期待的。」

現在那些花朵仍在沉睡，等到春天就會一口氣色彩繽紛地綻放。待在燕館庭園裡，總會感覺時間流逝得比外面更加緩慢，或許正是因為被眾多綠意環繞著，所以心情也跟著悠閒下來吧。

「我很好奇那邊的小屋是幹嘛用的？」

「那是穗高哥的畫室，他都在那邊畫畫。我覺得穗高哥的畫很溫暖，我很喜歡。」

「我也很喜歡。」

他的漫畫不只是畫技好看而已，其中還能夠感覺到溫柔與寂寥。

「栞，妳知道穗高不繼續當漫畫家的原因嗎？」

「我不知道。」

「是嗎……」

即使她知道原因，這或許並不是適合問小學女生的問題。徹平反省著自己似乎又誤觸了敏感話題。

「徹平哥是穗高哥的粉絲，應該很希望他多畫一些漫畫吧？」

「嗯——希望他繼續畫是真的，但我不想勉強他。」

這是身為粉絲的難處。想要看到更多的作品，但如果作者本人很痛苦的話，粉絲也不希望作者太過勉強。

「你真的很喜歡穗高哥呢。」

「也不能說是喜歡穗高，只是喜歡那傢伙畫的漫畫——不對，可能也算滿喜歡那傢伙的吧。」

徹平不自覺就想找藉口否認，但想想也沒有否認的必要。那個人雖然偶爾毒舌，卻不討人厭，徹平有時甚至會因為他的彆扭反應而忍不住偷笑。

「不過，一志哥或許知道原因喔。」

「二階堂先生？」

「因為他們兩個經常聊天。還有一位會幫忙穗高哥的姐姐，雖然她現在不在——」

說到這裡，栞停了下來，沒有繼續說下去了。徹平往她視線的方向看去，只見穗高拿著掃帚站在那裡。

「你們兩個去哪裡了？」

他似乎對於兩人從建築物後面出現感到十分訝異。

「穗高哥早。我們剛剛去幫老鼠先生建造墳墓。」

「老鼠先生？」

聽栞的敘述只會讓人一頭霧水，徹平連忙補充道：「早上玄關門前有隻死老鼠，不知道是自己跑到那裡，還是有人故意放的，我對老鼠會出現在那裡感到很不解。」

「所以你們埋了那隻老鼠嗎？」

「嗯，我們在檸檬樹下幫牠做了個墳墓。不可以嗎……」

此刻，他們才想起沒有事先向穗高報備，因此感到些許不安。

「沒事，我會小心別踩到墳墓。」

聽到穗高的回答，栞不禁鬆了一口氣。

「昨天鎖門時還沒有那隻老鼠吧？」

「我記得沒有。」

「庭園的大門昨天也確實鎖上了，那隻老鼠應該是自己倒在那裡的吧。為了謹慎起見，要不要也在玄關門外裝監視器？」

「也是，雖然進出都受到監視感覺不太好，不過暫時裝一段時間，或許可以讓大家比較安心吧。」

值得擔心的事又多了一件，徹平忍不住嘆息，不曉得什麼時候才能夠恢復平靜的生活。

6

「唔哈……」

徹平打了大大的呵欠。他誇下海口說自己一個人絕對沒問題，可是他還是開始想打瞌睡了。直到現在，他們仍無法鎖定犯人的身分，於是徹平決定執行自己提議的作戰計畫。

他請人把監視螢幕裝在飯廳角落，從半夜十二點開始監視著監視器畫面。

防盜監視器在能夠拍到花壇與大門前側的地方，安裝在鳥巢內，避免被看出來。

這樣，犯人應該就不會發現監視器的存在。

大門前堆放著報紙和漫畫雜誌等回收廢紙，對於想要縱火的人而言，絕對不會只行動一兩次。

徹平為了能找到多一點證據，於是在附近地面撒上了一層薄薄的石灰粉。假如犯人踩過，就會留下明顯的腳印。

（今天連玄關門外也被監視著，完美。）

昨天，玄關門前又被人放了蛇的屍體，也不曉得對方到底是從哪裡進入庭園的。但因為昨天還沒準備好監視設備，所以沒錄到當時的影像。徹平覺得很不甘心，所以他今天打算認真抓住對方的狐狸尾巴。

徹平已經查過商店街的監視錄影，確認過疑似頻頻毀損器物的犯人與敏子看到的人十分相似，所以徹平認為犯人恐怕就是同一個人。

但犯人似乎不笨，沒有任何畫面清楚拍到他的犯案過程，只能確定他進入監視器沒拍到的店家旁邊的小巷，再從那裡出來。

雖然那條小巷的牆壁確實遭人塗鴉，自行車座墊也被割破，垃圾還散落一地，不過巷子裡還有通往其他方向的道路，所以沒有確切的證據足以佐證。

（希望監視器能夠拍到些什麼。）

徹平喝下了不曉得第幾杯咖啡，在心中默默祈禱。他一直盯著監視畫面，但目前依舊沒有任何變化。

「哈啊……」

他打了一個比剛才更大的呵欠。看向窗外，天色已經稍微轉亮，似乎快到黎明時分。他心想今天大概也是白忙一場，下一秒，眼角就瞥見了一絲不對勁。

「嗯？」

剛才畫面上似乎有黑影閃過，但現在卻沒有拍到任何人。他忍不住懷疑，是不是自己太想睡所以出現了幻覺？

「啊！」

他緊盯著螢幕看了一會兒之後，螢幕上果然再次出現人影。

畫面拍到一個將連帽上衣的兜帽遮到眼睛位置的人，他正一邊留意著四周情況，一邊接近廢紙堆。

「抓、抓到了！」

對方完全掉入徹平設計好的陷阱。徹平連忙起身跑向玄關，握拳大聲敲響穗高的房門。

「犯人出現了！」

接著，他連忙穿上運動鞋跑了出去。

為了避免犯人發現，徹平靜悄悄地打開側門的門鎖，偷偷躲在門後窺視，卻總覺得好像有哪裡不對勁。

（咦？這人的個子好像比剛才小了一些？）

監視畫面上看到的人影是成年男子，但此刻待在廢紙旁的身影卻莫名嬌小。

「喂，你在做什麼？」

「唔！」

被這麼一問，那個影子瞬間愣住，緊接著拔腿就跑。

「等、等等！」

早知道應該更靠近一點再出聲——徹平後悔不已卻已經太遲了。他連忙追了過去，對方卻已經異常迅速地逃離現場。

見到那抹嬌小身影跑過轉角，徹平二話不說追了上去。過了轉角是一條筆直的長路，沒有其他岔路，直線距離應該可以追上。

徹平原本以為手到擒來，哪知道轉了彎之後卻沒有看到半個人影。

「人跑到哪裡去了？」

那是一條可以一眼望見盡頭的筆直道路，一側是燕館的鐵柵欄，柵欄後面則是一整排綠籬。

對方的腳程還沒快到足以甩掉徹平。徹平心想，對方可能是躲在某戶人家的屋舍角落，但他找了一圈卻還是沒找到人。

他也找過電線桿後面和鄰家玄關等地方，但依舊不見那個人的蹤影。

「到底跑去哪裡了？」

他納悶地返回燕館，只見原本在房間睡覺的穗高身上穿著厚厚的棉製連帽上衣和牛仔褲站在大門外。

（明明說過不用陪我的……）

他一定是陪著徹平整夜沒睡。

「抓到犯人了嗎？」

「抱歉，被他逃掉了……」

「監視器應該拍到了吧？」

「嗯，不過本人好像跟監視器拍到的傢伙有點不同……而且他跑過那個轉角之後就消失了。」

「人怎麼可能會消失。」

「可是他真的不見了啊！有沒有可能是逃進那條路上的哪戶人家裡了呢？」

「那幾戶人家我都認識，應該沒有那種年紀的男生。」

「嗯，真是越來越奇怪了……」

或許只是那個人腳程很快，但要跑到下一個轉角也有一段距離，如果那個人能夠一眨眼就跑過下一個轉角而後消失，那絕對需要超越奧運選手的腳力。

「該不會是鬼吧？」

這麼一想，徹平背後竄過一陣涼意。他搓了搓冒出雞皮疙瘩的手臂，回過頭，就看到穗高似乎發現了什麼，正蹲在地上查看。

「怎麼可能是鬼啊。喂，你覺得這個打火機是犯人的嗎？」

只見廢紙堆旁邊正放著一個拋棄式打火機，在他們布置陷阱前還沒有那個東西。

「可能是，搞不好能夠採集到犯人的指紋。」

說著，徹平從口袋拿出早就準備好的塑膠密封袋，避免直接觸碰到證物。

「我想，你看到的人或許不是犯人。」

「什麼意思？」

「你看那邊。」

被穗高用手電筒照亮的地方，殘留著淺淺的小腳印。

「好小的腳印。」

「這不是小孩子的腳印嗎？為什麼這個時間會有小孩子？啊，該不會是鬼……」

「怎麼可能。你去看看監視器拍到的畫面，應該就能知道答案了吧。」

「也是。」

哈哈哈——徹平假笑著，卻抹不去心中懷疑可能是鬼的不安。

他們回到飯廳，再次查看防盜監視器拍到的畫面。

「你還記得我們說過，犯人可能不只有一個人嗎？」

「記得……啊，原來如此！也有可能是兩名犯人聯手合作！」

他們從男人出現之前的畫面開始播放，只見黑色連帽上衣的男人先是緩緩經過，之後又慢慢走了回來。

「最先出現的是這個傢伙！」

「這位應該就是縱火的嫌犯。」

「跟田端女士描述的男人特徵很類似吧？」

「的確。」

「身高體型也與商店街監視器拍到的傢伙類似，應該可以確定就是同一個人吧？」

男人對徹平他們用來當陷阱放置的廢紙堆產生了興趣，打火機掉落是因為他原本打算點火，卻因為有突發事件而促使他離開現場。

「在這之後可能發生了什麼事……」

徹平嚥了一口口水，眼前的畫面卻突然一片漆黑。

「嗯？怎、怎麼了？」

大門前面的情況完全沒拍到，只見畫面喀啦喀啦地搖晃著，偶爾還有一隻漆黑的眼睛湊近看著鏡頭。

「好像是烏鴉。」

「烏鴉？為什麼會……」

「因為監視器裝在鳥巢裡。」

「也是……」

彷彿是在報復侵占領地之仇，渾身漆黑的烏鴉完全擋住了鏡頭。

在徹平追人回來前這段期間，都只拍到了黑色物體，無從得知小腳印主人的真面目。

「算了，反正我們也並非完全沒有收穫。而且以一群外行人組成的搜查小組來說，這個成果已經算是很不錯了。」

「那倒也是。」

凡事太過期待都不會發生什麼好事。

「只要有這段畫面和剛才的打火機，警察也會認真調查吧？」

「有可能那麼順利嗎？」穗高投以懷疑的眼神。

「別擔心，交給我吧。」

徹平自信滿滿地認為，自己這麼努力，應該能夠得到相應的評價。

「你就努力別被罵吧。」看著徹平幹勁十足的模樣，穗高叮嚀道。

「沒想到你年紀輕輕卻這麼愛瞎操心。」

「還不是因為你這個人簡直樂觀到讓人無言……」

穗高再次不安地嘆息。

7

「我被上司罵了……」

「果然啊。」

徹平把自主搜查的結果，也就是犯人相關的線索交給自己隸屬的部門，卻被上司狠狠教訓了一頓，警告他別亂來。

上司特別針對徹平把一般市民牽扯進來的行為進行訓話，並嚴正叮囑他不准再做出設陷阱這種危險的舉動。

「雖說縱火未遂無法立案，不過老大說了會幫我們調查打火機。」

其實，徹平上司的原話是：「**我會替你調查，你給我乖乖待著。**」

「那麼，接下來該怎麼辦？」

「中規中矩地巡邏，看能不能抓到犯人。只要逮捕現行犯，就有藉口不會挨罵了。」

身為警察，徹平無法違抗上級的命令，也無法再使用設陷阱這種手段。如此一來，他還是只能依靠自主巡邏賭一把。

只要能夠逮到嫌犯，應該就能夠獲得上級的認同。

「你家老大沒叫你別再亂來嗎？」

「你怎麼知道?!你真的好厲害！」

「這也不是很難猜到……」

「呃……不過沒關係，我明天還要早起，所以先去睡了。晚安！」

縱火犯和偷花賊都是在早上行動，徹平把鬧鐘時間設定在黎明之前，他鑽進被窩五秒後，就徹底進入夢鄉。

「好！」

徹平換好衣服來到一樓，就看到運動服打扮的穗高穿著運動鞋站在玄關。

「穗高？你怎麼穿成這樣？」

「沒什麼。我有空，所以也打算去跑步。」

「你要和我一起去巡邏嗎？」

穗高似乎是特地提早準備好在玄關等著徹平。

「我對房客們有責任。而且兩個人一起，發現嫌犯的機率也比較高。」

或許是覺得難為情，他的語速比平常更快，也更小聲。

「的確呢，你果然很聰明。」

「你是在揶揄我嗎？」

「我是真的覺得你很聰明。」

頭腦聰明，個性雖然倔強，不過依舊溫柔體貼，令人無法討厭他彆扭的性格。

「你今天打算跑到哪邊？」

「我準備穿過商店街之後直直跑向火車站，接著以窄巷為主，盡量在附近多繞一下。」

「你要跑到三段?!你知道從這裡到那裡有多遠嗎？」

「也沒有很遠吧？」

「不好意思，從這裡去火車站需要搭公車呢。」

搭公車從最近的公車站牌到火車站大約要十分鐘。雖然徒步也不是不行，但這段距離還是有點累人。

「一般市民積極利用交通工具就行了。而且我沒叫你跟我跑一樣遠啊，你轉過公園角落往左走，幫我看看小學附近就可以了。巡邏住宅區的人手一直都不是很充足。」

「我明白了，這點範圍我應該可以⋯⋯」

解謎才不像漫畫那麼簡單

兩人決定好各自的路線，暖身完後就開始慢跑。兩人會在公園分道揚鑣，徹平決定在跑到公園前，配合穗高的跑步速度。

這種速度對於徹平來說跟走路沒什麼兩樣，不過穗高卻已經一臉不耐煩。

「世界上怎麼會有人喜歡慢跑或馬拉松呢……」

「你討厭跑步嗎？」

「所有運動我都討厭。我不喜歡弄得一身是汗，也討厭氣喘吁吁。」

「我太不懂你說的那種感覺，不過我懂你的心情。」

一想到穗高明明那麼討厭跑步卻願意陪自己巡邏，徹平不只覺得佩服，甚至相當感動。

當然，他明白穗高這麼做是為了桀，不過從穗高儘管愛挑剔卻還是願意幫忙的舉動來看，或許對方沒有想像中那麼討厭自己。

「嗯？你有沒有聽到什麼聲音？」

「好像有人在爭執。」

某處傳來了爭吵的聲音，兩人好奇地往聲音的方向走去，才一靠近，就聞到了一股燒焦的味道。

「喂，這是……」

「我們好像中大獎了。」

感覺到了危險，徹平立刻加快腳步。

住宅區邊緣的西點屋前面，一名穿著連帽上衣的男子正想從小朋友手中搶走某樣東西，而一旁的紙箱正在燃燒冒煙。

「這個死小鬼！快點給我！」

「我不要！」

「住手！你在對小孩子做什麼！」

「什麼！」

聽到徹平的聲音，男子嚇了一跳，當他抬起頭時，那張臉與穗高畫的肖像畫幾乎一模一樣。

徹平連忙加快腳步，追上準備落荒而逃的男子。

「其他就拜託你了！」

徹平很慶幸今天是兩個人一起巡邏。

這次絕對不會讓你逃掉——徹平用盡全力向前奔馳，與前幾天不同，這次他一眨眼就追上了對方。

「你這個——」

徹平用力撲向穿著連帽上衣的男子，擒抱住對方的腰。

「哇啊！」

犯人往前一倒，臉狠狠撞在地上。男子雖然被制伏，但還是不死心地不斷掙扎。

「放棄抵抗吧！」

這種時候，如果有手銬就可以耍帥了，可惜身為內勤員警的徹平沒有配給手銬，他只能從口袋拿出以防萬一準備的束帶。

「把雙手拇指牢牢固定在背後，是這樣綁沒錯吧？」

「痛痛痛痛！放開我！你說我做了什麼?!我要告你使用暴力！」

徹平利用看電視劇學到的方式綁住男子，但對方仍賊心不死地抱怨著。徹平整個人跨坐在躁動的男子背上，壓制他的動作。

為了不讓對方逃走，徹平連他的雙腳也一併綁住，這下子他想跑也跑不掉了。

「你為什麼要對小孩子施暴？還有，火也是你放的吧？」

「那、那是小鬼……對！是那個小鬼點的火，我只是想要滅火而已……」

事到如今，男子只能想到什麼就說什麼，但找藉口起碼也該認真思考一下才對啊。

「我看到你搶小朋友的手機。」

「那、那是——我只是想用那傢伙的手機報警！」

「既然這樣，你為什麼要逃走？」

「還不是因為你追我！總之我沒有做任何壞事！」

「其實是你縱火的時候被那個孩子拍了照片，所以想要搶對方的手機刪除照片吧！」

「你你你胡說什麼，怎麼可能！」

雖然嘴上否定，但男子驚慌的態度卻讓徹平肯定了自己的猜測。這個人跟本就不會撒謊吧。

「好，那我們去確認一下那個孩子究竟有沒有拍到什麼。」說完話，徹平便站起身。

男子瞬間焦急起來。

「不、不用，我可以自己確認沒關係。」

一聽說要去確認照片，男子變得更加倉皇失措。這漏洞百出的辯解，實在讓人很想翻白眼。

「再隨便撒謊只會令人更加厭惡。我要去報警了，你可別想著要逃走。」

「報警?!拜託不要這樣啦！如果我被警察逮捕，警方會聯絡我家裡的人吧？」

「嗯，應該會。」

「不行！」

「就跟你說了別想逃走！」

徹平很佩服男子趴在地上仍堅持逃跑的毅力，但現在可不是積極努力的好時機。徹平抓住男子的衣領，轉身察看穗高的狀況。

「穗高，你那邊還好嗎？」

「啊啊，還可以……」

徹平讓男子繼續待在地上，回頭看去，只看到一名小學低年級的少年與穗高正在滅火。火勢已經完全撲滅了，不過穗高的呼吸尚未從全力衝刺的喘息中恢復，肩膀仍在上下起伏著。

「報警了嗎？」

「還沒……」

他光是為了滅火就忙得不可開交。為了以防萬一，徹平還是拿出手機先報警處理。火看起來暫時滅了，不過仍要擔心再次復燃的可能，所以必須交給專業人員來處理。

徹平先打了一一九，再撥打一一〇。他也可以直接打給自己服務的警局，但又覺得似乎會搞得很複雜，只能作罷。

「來，你說說，為什麼要做這種事？」徹平低頭訊問著男子。

男子大概是放棄逃跑了，正自暴自棄地趴在地上。

「與你無關。」

「如果你有什麼心煩的事，說出來不是比較痛快嗎？」

「事情都到了這種地步，即使知道我的犯罪動機，也改變不了我的罪狀。像你們這種整天悠哉度日的傢伙，怎麼可能懂我的心情！」

「沉浸在悲劇主角的妄想之中，的確比較輕鬆呢。」

「你又知道什麼了！」聽到徹平的話，男子怒罵道，接著像潰堤般開始發洩不滿。「你懂父母施加的壓力嗎？我從那邊那個小鬼這麼大的時候，就被逼著用這不怎麼聰明的腦袋拚命念書，家裡不斷說著，如果我考不上醫學院就沒有任何價值。不出所料，我果然落榜了。你猜那些傢伙說了什麼？他們說我是他們最失敗的投資！」

「所以你決定做壞事向父母親進行報復？」

「對，沒錯！我被逮捕就可以害他們丟臉了！」

聽到男子的自暴自棄，穗高冷冷開口：「你這麼做並沒有報復到他們。你以為把教育小孩當成投資的人，會因此受到打擊嗎？」

「你——」

穗高的指責讓男子說不出話來，看來似乎是被他說中了。

「與其想著報復父母，不如想想怎麼做才能讓自己獲得幸福吧！你今年是考生的話，表示你已經十八歲了？乾脆一點，離開那個家，用自己喜歡的方式活著，這樣不也很好嗎？」

「離開那個家？」

「為何不想想自己真正想做的是什麼？不需要是多麼了不起的事，去旅行也好，和朋友出去玩也好，什麼都可以。」

從穗高的話聽來，似乎他也有過同樣遭遇。雖然看不出他和這名男子有什麼關聯，不過能看出穗高對他有些同情。

「我了解你希望獲得父母認同，過去的我也一直有同樣的想法。但是父母親也是普通人，彼此價值觀不同的話，有時就是無法互相理解。這一點你自己也明白吧？」

「嗚嗚……」

男子因為穗高的話而哭了出來。無法回應父母期待的自卑變成了壓力，導致他做出了犯罪的行為。

惡作劇的破壞和縱火固然不好，但他無處發洩的壓力也很值得同情。

「對你這麼粗暴，真不好意思。」

「都怪我做錯事了。」

徹平扶著變得乖順的男子起身，讓他坐著。

「辛苦你了。幸好有你幫我，你沒事吧？」穗高對一旁看起來筋疲力盡的少年說道。

少年似乎是縱火案的目擊者，他立了大功，態度卻顯得有些忐忑。

「你沒被燒傷吧？」

「……」

「咦？我好像在哪裡……啊！」

眼前的少年，正是徹平與穗高約在書店碰面時，他主動上前搭話卻逃走的那個男孩。在這種場合重逢，真是讓人有些意外。

「你叫什麼名字？」

「遠藤颯汰。」

少年將兒童手機掛繩拿給穗高看，上面寫著「遠藤颯汰」的名字和電話號碼。

「為什麼這種時間你會待在外面？你媽媽知道嗎？」

「我媽媽現在不在家。」

「不在是什麼意思？」

「她在住院，所以我待在外公家。」

「這樣你外公豈不是會很擔心嗎？你為什麼在這種時間一個人外出？」

或許是因為徹平帶給他的壓力，颯汰再次沉默不言。

徹平被穗高瞪了一眼，也跟著閉上嘴巴。

「你就是偷花賊吧？」

穗高突如其來的一句話，令徹平睜大了眼睛。他原本只注意到著火的紙箱，仔細一看才發現地上散落著花朵。

「這些花是要帶去探望媽媽？」

聞言，颯汰誠實地點頭，看來穗高的推測似乎沒錯。

「所以你才會到處採花啊。」

因為颯汰自覺自己正在做壞事，才會挑這麼早的時間出門採花。而他一定是碰巧目擊到了縱火現場，想要拍照留存證據。

「那麼，那個鬼就是你嗎？」

「怎麼可能有鬼！」

「可是我已經仔細找過了！」

「那是你先入為主認為犯人是成年人才會沒找到人。這小子只是躲在小孩才能夠進去的地方吧。」

「呃——」

「小朋友，我懂你的心情，可是一聲不響就偷摘別人的花是不對的。如果你想要花，應該先問過花的主人。」

「對不起……」

少年以蚊子般細小的聲音道歉著，卻轉瞬間被縱火男子反省的痛哭及消防車的警笛聲所掩蓋。

8

「幸好兩位犯人都願意反省。」

「是啊。」

在警局做完筆錄後，犯人們可以暫時先回家了。徹平被上司狠狠勒住脖子教訓了一番，不過倒是沒有再挨罵了。

「我現在才覺得肚子餓呢。」

此時已經過了平時的早餐時間。

「沒有早餐。」

「為什麼！」

「因為我什麼都沒準備。」

「呃，可是負責準備餐點的——哇！」

徹平才想著事情總算圓滿落幕，卻看到玄關門前又躺著一條蛇的屍體。

「難道，惡作劇的犯人另有其人？」

「或許這不是惡作劇。」

「什麼意思？」

「我大概知道是怎麼回事了。」

「蛤？是怎麼回事？」

「你很快就會知道了。」

徹平跟在裝模作樣不肯直說的穗高身後前往飯廳，只見栞、步美以及二階堂已經正在那裡等著。

「你們回來啦，聽說逮捕到犯人了？」

「嗯。」

「好厲害！謝謝你，徹平哥！」

「這是大家同心協力的結果。可是，還有一個謎團沒有解開。」

「謎團？」

「玄關外又出現了蛇的屍體。連續出現三次，這不能說是巧合了吧？」

「去看看監視器的影像，應該就會找到答案了。」

眾人一起查看著監視器畫面，徹平將玄關前側拍到的影片倒帶後再次播放，沒想到居然看見了意想不到的訪客。

「烏鴉？」

竟然是烏鴉。

「也許是因為我幫過烏鴉的幼鳥。」

「幫過？」

「不久之前，一隻受傷的烏鴉幼鳥掉在我們家庭園。我觀察了一陣子卻沒看到鳥媽媽出現，所以帶牠去了醫院。直到幼鳥的傷勢痊癒為止，都是我在照顧。」

「那麼，那些屍體是謝禮？」

「可能是吧。」

烏鴉很聰明，聽說甚至能夠記住人類的長相。因為穗高照顧過烏鴉，所以烏鴉對穗高心存感激。

「什麼嘛，既然如此，所有事情都圓滿落幕了。這下子終於能夠放心享用步美姐做的早餐了。」徹平滿臉笑容。

只見穗高卻一臉訝異地說：「你在說什麼傻話？負責做飯的人是我。」

「咦？可是，分配食物給我們的人不是步美姐嗎？」

「那是我請步美姐幫忙的。」

「我媽媽做菜很難吃唷。」

「栞，這種事不用特地說出來吧？」

比起做菜難吃，更讓徹平驚訝的是「媽媽」這兩個字。

解謎才不像漫畫那麼簡單

「媽媽？」

「步美姐是栞的媽媽。」穗高順勢投下重磅炸彈。

「你不是說她沒有男朋友嗎?!」

「你又不是問她有沒有老公。」

「話是這麼說沒錯，但……」

徹平當著步美的面不能多說什麼，他現在連想咬穗高的心情都有了。

「我爸爸在外地工作，他在大船上喔。」

「這、這樣啊……」

徹平對步美淡淡的好感就這樣被掐斷了。即使她再有魅力，徹平也不可能和有夫之婦談戀愛。

徹平唉聲嘆氣著，穗高若無其事地走到他身旁，面無表情地說：「這次謝謝你的幫忙，徹平。」

「咦？」

沒想到會從穗高口中聽到道謝，徹平因為出乎意料的情況而瞠目結舌。等他終於回過神，才注意到了另一件事。

「你剛才叫了我的名字對吧！」

「那不重要。」

「我確定你叫了！」

這是穗高第一次喊徹平的名字。穗高平常對徹平的稱呼總是十分不客氣，現在兩人的關係似乎突然變好了，在仔細考慮之後，他決定直接喊徹平的名字。

不過這種小事他並不想解釋。

此時，徹平發覺自己直到剛才還很消沉的情緒，居然不可思議地消失了。

Chapter 3

有人跟蹤？

Solving mystery does not work like manga

解謎才不像漫畫那麼簡單

1

房間裡的紙箱堆得像一座城堡。幫忙把大部分紙箱搬進來的人是徹平，但他還是再一次為了紙箱的數量感到錯愕。

「你真的要把這些全部簽完？」

「只是箱子多而已，書其實沒有很多。」

「不是吧，五百本也是很可觀的數量啊。」

「別再囉唆了，快拆紙箱，不想幫忙就別礙事。」

「我只是有點驚訝嘛……好啦，我去拆箱子。」徹平在穗高的催促下，撕掉了封箱膠帶。

這些印有出版社標誌的紙箱裡，裝的全是穗高的漫畫單行本。這次黃金週假期將首度舉辦「穗高八重原畫展」，而這些簽名書也將陳列在畫展上當作吸睛的商品。

因此穗高必須在所有書上簽上自己的名字。

（也是，既然是親筆簽名，如果不是作者本人親簽，就算是詐欺了……）

如果只有一兩本還無所謂，但五百本可是相當驚人的數量。在徹平看來，這已經是非常巨大的工作量了。

「咦？有不一樣的書腰耶！」

徹平小心翼翼地取出紙箱裡的單行本，注意到那些單行本的書腰與自己現有的書不太一樣。

「再版時換了書腰，畢竟出版社也怕原畫展沒人來。」

「怎麼可能沒人來！」

徹平翻到版權頁一看，這本書已經是二刷了。

上個月才剛出版的單行本已經再版，足以證明這本書確實很暢銷。不過穗高似乎對於自己的人氣毫無概念。

「我要怎麼幫忙？」

「幫我把書每十本一疊放在那邊，簽好的書要放這邊，為了避免墨水印到另一頁，要先夾一張紙再合起來放回紙箱。」

「了解，這個位置可以嗎？」

「嗯。」

徹平今天休假，看到穗高搖搖晃晃地把大紙箱從玄關搬進自己的房間時，忍不住主動上前幫忙。

兩人達成協議，他幫穗高搞定簽名書，穗高則做午餐回報他。

燕館基本上只提供早餐和晚餐，徹平原本打算去之前發現的定食店，卻因為要幫忙只好等下次了。

書桌上放著準備好的油性筆和一疊白紙，單行本則堆在穗高伸手就能拿到的地方。

穗高拿起油性筆，翻開擺在自己面前的單行本，在目錄旁的空白處振筆畫上個人作品的角色並簽名。

對於沒有任何繪畫天分的徹平來說，用一枝筆畫出角色的過程就像施展魔法一樣。而且能夠親眼看到自己最愛的漫畫家的作畫過程，他覺得實在是太奢侈了。

他正嘸著口水看得入迷，穗高卻突然抬起頭來。

「我也簽一本給你吧？」

「可、可以嗎?啊，不，可是，還是算了……」

徹平差點開心得撲上前，但仍然拒絕了他的提議。

他有很多本書想拿給穗高簽名，可是身為粉絲，他覺得不應該有獨占穗高的想法。

之前徹平參加過抽籤，想要獲得穗高唯一一次簽名會的資格，卻因落選沒能參加。這次他依然希望憑自己的努力獲得簽名書籍。

「喔，不要就算了。」

「我不是不想要，我是想遵守規則排隊去買！」

「哦？我不是很懂，不過沒想到你是這種人啊。」

「我就是這種人！」

對於徹平來說，穗高原本應該是遙不可及的存在，兩人卻因為奇妙的緣分變成現在的交情，這徹平感到十分神奇。

能夠幫忙自己仰慕的漫畫家，徹平覺得很開心，但也有些不可思議。

他非常尊敬身為漫畫家的穗高，但面對穗高本人，卻只認為對方是氣焰有些高傲、年紀比自己還小的年輕人。

「我問你，這種事一般不是作者直接去編輯部處理嗎？」

「去出版社就必須見很多人，還要去吃很貴的餐廳，我覺得很麻煩。」

「那些不就是所謂的招待……」

像穗高這種知名漫畫家，出版社肯定會恭敬地對待。雖說他已經宣布不再畫漫畫，但也不至於受到怠慢——出版社肯定還在等著穗高回心轉意。

「所以才覺得麻煩啊。那些人明明沒必要把時間和金錢浪費在一個不打算繼續畫漫畫的人身上……」

穗高表面上說著麻煩，倒不如說是替對方著想。

「比起簽名書，辦簽名會不是更好嗎？」

「我已經無心畫畫了，還找粉絲來為自己打氣加油，這合理嗎？」

徹平心想，應該有粉絲告訴過穗高很期待他能夠繼續畫下去吧。儘管粉絲如此希望，自己卻不打算再畫漫畫，穗高似乎對此多少有些罪惡感。

「沒想到你還挺有心的。」

與其說是有心，用食古不化來形容似乎更為貼切——年紀輕輕，卻十分固執。

「原來你一直認為我是個沒良心的人嗎？真沒禮貌。」

「不是……」

「別用欲言又止的表情看著我，有話快說。」

徹平一直很擔心這是穗高不願提及的話題，所以始終沒有開口。但看對方還是一臉不滿的樣子，他躊躇半天，還是說出了自己的想法。

「現在還來得及取消引退宣言吧？大學要上課的話就去上課，等畢業後再繼續畫漫畫也可以吧？反正現在還是可以休息不畫，你又何必自斷後路呢？」

「漫畫界沒有你想像的那麼簡單，而且明知無法回應讀者的期待，卻給他們過多的希望，這就是說謊。再說，我不是說過了，我已經畫完我想畫的東西了。」

「哎，不是還有配角可以發展獨立的故事嗎？外傳之類的？」

「那就變成畫蛇添足了。」

「不然，畫新的短篇故事！」

徹平不肯罷休，穗高原本看著手邊的視線再次抬起，倏然一笑。

「你真的很喜歡我呢。」

「我、我才不是喜歡你，我喜歡的是穗高老師！」

聽到穗高若有所感的評價，徹平一臉難為情，忍不住隨便找藉口，卻聽到對方一聲冷笑。

「還不是一樣。」

「一樣是一樣，可是……」

雖說兩種身分都是同一個人，但徹平怎麼樣也無法把他們視為一體。

就在徹平不知道怎麼解釋時，門鈴響了。

「這種時間會是誰？你去看一下。」

「我去？」

「你離門比較近吧？如果是宅配的話，印章在裝飾櫃的花瓶裡，幫忙領一下。」

「是是，遵命。」

徹平覺得穗高就是在隨便使喚人，不過由站著的自己出去的確比較快。他走向玄關，開門探出頭。

「讓妳久等了，請問妳是？」

「你好，我是東雲出版社的城城崎茉莉花。請問穗高老師在嗎？」

門外站著的，是一名有著微捲蓬鬆頭髮和甜美嗓音的女孩。這簡直是徹平理想中的女性，沒想到居然會在現實中出現在自己面前。

（好、好可愛啊……）

徹平的心臟彷彿被一槍擊中，難道這就是所謂戀愛的預感嗎？

「怎麼了嗎？」

稍微偏著頭的模樣也十分惹人憐愛，徹平忍不住盯著茉莉花看得失神。

「不，沒事！呃，妳找穗高是吧？我現在就去叫他，妳稍等！」

「你在幹嘛？」

徹平還沒去叫人，穗高已經從他背後探出頭來。

「啊，穗高老師！辛苦你了。」

「城城崎小姐？妳今天怎麼會過來？」

「我過來拿之前拜託您的分鏡。」

聽到茉莉花爽朗的應答，穗高露出一臉訝異的表情。

「分鏡不是前天已經快遞給編輯部了？」

「咦？」

看樣子，兩人之間似乎有著巨大的溝通問題。

「呃，我想今天應該會送到你們那邊。我提早完成了，所以之前寫了電子郵件通知會寄過去——」

穗高一邊說明，一邊按著手機，大概是在確認寄出去的電子郵件吧。接著他像是找到了什麼，突然沉下臉來。

「抱歉，我寄到遠藤先生的電子信箱了。」

「遠藤先生？」

「我之前的責任編輯。因為部門異動，責編現在改由城城崎小姐負責。」

「原來如此。」

看來是穗高還沒習慣，所以寄錯人了。

「讓妳白跑一趟真的很抱歉，早知道我應該打電話提醒一聲。」

「不會，我也想跟老師您打個招呼，所以請您別介意。我才是應該在離開出版社前，先打電話知會您的。」

兩人互相向對方致歉。

茉莉花過來的目的只是確認分鏡而已，所以事情辦完她就該回去了。在她離開之前，有件事徹平無論如何都想確認一下。

「穗高，可以過來一下嗎？」

「幹嘛？」

徹平把穗高拉進玄關，小聲詢問：「我問你，城城崎小姐有男朋友嗎？」

「這是什麼問題？我哪知道啊！」

「也是……」

「明明不久之前還在迷戀步美姐的傢伙……」

看到穗高翻了個白眼，徹平有些尷尬，不過眼下可不是容許他退縮的時候。

「因為我不知道她已婚啊！」

步美確實很有魅力，但徹平不打算對一位有夫之婦橫刀奪愛。假如穗高一開始就說清楚，他也不會因為步美一下子開心、一下子難過了。

「你那麼好奇城城崎小姐有沒有男朋友，不會自己去問她嗎？」

「你叫我自己去問……我要怎麼開口啦！而且她都已經說要離開了……」

既然對方是穗高的責任編輯，應該還會再次來訪，但到時候徹平也有可能不在家，如果可能的話，他希望今天就拿到對方的聯絡方式。

「真拿你沒辦法……」

穗高聳聳肩，甩開徹平的手，從玄關門探出頭去。

「城城崎小姐，妳吃過午餐了嗎？」

「還沒，我準備待會去吃。」

看來，穗高似乎打算為了徹平留住茉莉花。

「讓妳空手而歸我也不太好意思。雖然現在還有點早，妳要不要留下來吃午餐？不過家裡沒有什麼大魚大肉就是了。」

「不，沒道理讓老師請客——」

「今天是我們家房客的社會科的戶外教學，我為她準備了便當。」

「社會科戶外教學？」

「那位房客是小學生。啊，也差不多到她要吃便當的時間了。」

徹平看向時鐘，已經快十二點了。看到時機這麼恰巧，徹平忍不住在心裡擺出了勝利手勢。

「櫻花也正好盛開，要不要一起去賞櫻呢？我們家的櫻花很漂亮喔。」

「哇！真的好美！」

茉莉花看著盛開的櫻花，忍不住讚嘆。花瓣隨風飛舞的樣子也十分優美，別有一番韻味。

宅邸後面的染井吉野櫻正值盛開，前幾天的暴雨雖然弄斷了幾根樹枝，不過大部分枝枒都完好無缺。

「喂，穗高，這個要放在哪裡？」

徹平搬來裝著日式三層便當盒與餐具的竹籃，以及裝有熱水的茶壺。重量不重，只是要小心不能弄倒，所以他有點緊張地詢問著。

「等我一下。」

穗高把帶來的桌布鋪在庭園的古董餐桌上。光是這樣，畫面就已經散發出了華麗的氣氛。

「是是。」

「東西幫我放在那邊，水壺放這邊。」

「盤子也要排好。」

「知道啦！」

看到兩人一來一往，城城崎輕聲笑了出來。

「抱歉，我在想你們兩人感情真好。兩位這麼有默契，是朋友嗎？」

「不是，他是上個月搬進來的普通房客。」

「你說我們是朋友會死嗎！」

明明是一起破案的交情卻還是這麼疏遠，這不應該吧。

「你不是說你喜歡的不是『我』，對我也沒有任何想法嗎？」

「那是——」

穗高拿徹平稍早的發言打了他的臉，徹平沒想到他會緊抓著那句話不放。

穗高瞥了眼一時語塞的徹平，轉頭微笑著面對茉莉花。

「城城崎小姐請坐吧，我來泡茶。」

「有沒有我可以幫忙的地方？」

「不用，很快就準備好了。」

「是嗎？那麼我就恭敬不如從命了。」

穗高拿出竹籃裡的小茶壺和小茶具擺在桌上，從水壺倒出熱水。茶葉似乎早就裝在茶壺裡了，泡了一會兒之後，他再次把茶倒入茶杯之中。

「這是什麼茶？」

「烏龍茶。」

「顏色很不像茶呢。」

便利商店賣的瓶裝烏龍茶顏色大多很深，這個茶色幾乎與徹平在辦公室喝到的、那種茶葉反覆沖泡到淡如白水的顏色差不多。

「這是祖父從臺灣帶回來的伴手禮。茶葉的發酵程度比日本市售的烏龍茶低，所以顏色也比較淺，喝起來清爽美味。請喝喝看。」

「原來如此。」

徹平坐在椅子上，拿起小酒杯大小的茶杯，輕啜一口茶液避免被燙到。茶的香氣在口中擴散，還帶著微微的甜味，清澈透明的茶水讓嘴裡變得很十分清爽。

「真的好好喝。我平常比較喜歡喝紅茶，不過中式茶也不錯。」

「家裡的茶葉多到喝不完，妳要不要帶一些回去？」

「可以嗎？」

「因為現在家裡沒多少人，所以茶葉一直用不完。如果妳願意帶一些走，真是幫了我一個大忙。」

「那麼，我改天帶我推薦的紅茶過來。」

眼看著兩人開始討論起茶葉，徹平的肚子已經餓到極限了。

他不想讓茉莉花看到自己狼吞虎嚥的樣子，但再這樣下去也不曉得什麼時候才能吃飯。

這麼一想，徹平只能小心翼翼地插嘴：「那個，我們差不多可以吃便當了吧？」

「真是的，稍微等一下也不行嗎？」

「還不是因為做了苦力才會這麼餓！」即使被指責沒禮貌，徹平還是想解釋幾句。

「知道了啦。來，慢慢吃。」

徹平覺得穗高絕對是把自己當成狗了，但又怕出言反駁就沒有便當吃，只好咬牙忍氣吞聲，等待著三層便當的蓋子被打了開來。

「這些全部都是老師做的嗎？好厲害！」

「臉長這樣居然很會做菜，妳也很意外對吧……好痛！」

徹平一時嘴賤，腳就被人狠狠踹了一下。

三層便當盒裡裝著用鄰居分送的竹筍做成的各式料理，有竹筍飯做的飯糰、串烤味噌竹筍、炒筍絲、竹筍煎蛋捲和奶油煎竹筍。

當中最格格不入的，是章魚形狀的維也納小香腸及蘇格蘭蛋，這些是栞指定的菜單；而香菇鑲肉則是穗高最近熱衷的蕈菇料理之一。

（說是熱衷，但我感覺他是在故意整我……）

每天都有蕈菇料理，而且變化也越來越多。徹平勉強可以接受杏鮑菇和蘑菇，但香菇的難度還是比較高。

徹平覺得蕈菇之中，就屬香菇最難以下嚥。香菇的香氣強烈且味道明顯，喜歡那個風味的人或許會覺得好吃，但對於討厭香菇的人來說，那個味道的攻擊力簡直太強了。

「多吃一點吧，城城崎小姐。」

「回編輯部之後，我要跟大家炫耀我吃過老師親手煮的菜！」

「你也別客氣，盡量吃吧。」

穗高把最大朵的香菇放在徹平的小碟子裡。

「唔……」

討厭的東西最好先吃掉，否則留到最後，那個味道就會殘存在嘴中。

徹平心一橫，把整朵香菇放進嘴裡，咀嚼時刻意忽略那個濃郁的味道。好不容易下嚥之後，他趕緊用茶水清理口腔。

這時，一旁的茉莉花感動地說道：「好好吃！」

「看來菜色還算合妳口味。」

「非常好吃！這是我今年第一次吃竹筍……應該說是從我搬出老家之後的第一次。」

「一個人住，很難把一整根竹筍用完吧。」

「那也是一部分原因，不過主要是我不會煮飯。但我本身很愛吃，也經常去逛百貨公司地下美食街。」

徹平覺得吃飯吃得津津有味的女生很有魅力。看樣子除了蕈菇外，兩人在飲食方面的喜好似乎也很合得來，他們兩個應該挺適合的吧？

茉莉花一邊感動一邊吃著便當，這時，她突然開口：「對了，老師，您不覺得差不多該畫個短篇了嗎？」

「我目前沒有想畫的東西，而且大學還有課。」

「我知道您剛復學，老師目前都在忙學校的課業嗎？」

「嗯，差不多。」

「那今天怎麼沒去學校？」

「上午停課，下午才有課，所以還沒簽完的書就留著晚上處理。」

「您剛才在簽書嗎？我過來果然打擾到老師了……」茉莉花說著，沮喪地垮下肩膀。

「我預計晚上就能完成了，妳別放在心上。而且我現在能做的，也只有這些了。」

聽到穗高的話，茉莉花的眉尾更是往下低垂。

「您還是沒心情提筆畫漫畫嗎？」

「我很高興妳希望我再次提筆畫畫，不過很抱歉。」

穗高道歉的表情看起來有些落寞，徹平覺得他嘴上說著已經沒有要畫的東西、自己不適合，卻似乎又有些依依不捨……這難道是錯覺嗎？

（**不管我說什麼都只是多管閒事，但……**）

煩惱與痛苦是很私人的感受，外人只能憑空想像。對於不曾身處相同立場的徹平來說，他一輩子也無法對這些感同身受。

「那、那個，老師最近有沒有什麼嗜好？興趣？或是沉迷的事物？」

「嗯——興趣就是做菜吧。」

「畫料理相關主題的作品也不錯啊！」

「啊，不然畫偵探主題怎麼樣？這陣子的經驗不是正好可以派上用場？」徹平為了聲援茉莉花的努力，也加入勸說穗高的行列。

「那些不過是偵探『遊戲』罷了。」穗高對他翻了翻白眼。

「雖說是『遊戲』，但我們可是逮捕了縱火犯耶！」

那個案子讓徹平又被上司念了一頓，穗高卻獲得了表揚。徹平無法接受種差別待遇，但一般民眾與警察的立場不同，他也勉強可以理解。

（反正只要栞開心就好了。）

偷花少年受到的懲罰是協助照顧栞的花壇。他每天去小學上課前，都會過來燕館幫忙澆水。

「縱火犯？你們真了不起！」

「正確來說是縱火未遂，不過我認為防範於未然也很重要。」

聽到徹平的主張，穗高沒好氣地回嘴：「說得那麼大義凜然，你不是內勤員警嗎？」

「不管我負責什麼工作，我的精神永遠與正義同在。」

「精神啊。」茉莉花呵呵地笑著。

「真想看看你們兩位合力破案的樣子呢。」

雖然這句話大概是客套話，不過徹平還是相當高興。

「城城崎小姐，妳最近有什麼煩惱嗎？」

「嗯——大概是我負責的老師不願意畫漫畫吧。」

與嬌俏的外表不同，沒想到她這個人意外地固執頑強。

「對了，你不是有事要問城城崎小姐嗎？」

「問我？」

「你……你幹嘛突然說那種話啊！」

「你剛剛不是想知道她有沒有男朋友？」

「穗高！」

小心思被直接戳破，徹平知道自己的臉正在逐漸轉紅。

穗高想要規避不想聊的話題，就把徹平拿出來當作轉移話題的幌子。茉莉花露出略微尷尬的表情，苦笑著回答徹平的問題。

「我跟男人不太有緣分，我現在的戀愛對象是工作。」

「這樣啊——」

也就是說，徹平還有一絲機會。

「謝謝老師招待的午餐，我差不多該回出版社了。分鏡確認完畢後，我會再與您聯絡。」

「啊，我送妳出去吧！」

「我自己出去就可以了。老師，謝謝您的午餐。」

茉莉花乾脆地拒絕了徹平的提議，而後轉身離開。徹平原本還打算若無其事地詢問她的聯絡方式，看來只能等下次了。

「你被甩了啊。」

「我什麼話都還沒說吧？」

都還沒約她出去，怎麼會有甩不甩的問題？

「我可以代替她回答你。這個氣氛不管怎麼看，你都沒有希望。」

「你又知道了？城城崎小姐還不了解我，如果我們互相深入了解之後，感情一定會變得更好的。」

「我很懷疑。」

「而且她都說了沒有男朋友。」

「她也說了戀愛的對象是工作啊。」

「這不正表示我還有機會嗎？」

如果有男朋友或已婚，徹平只能無奈選擇放棄。但既然情敵是「工作」，趁隙而入也不是完全不可能。

「你這個人真是樂觀到無可救藥，這種情況怎麼看都不像會有什麼正面發展吧？」

「吵死了你。既然有機會，我就應該積極進攻啊！」

「嘴上這樣說，剛才卻連有沒有男朋友都不敢問。」

「我、我是在等待時機好不好！」

徹平原本打算不經意地提起這件事，都是穗高搞砸了他的計畫。

（雖然我態度彆扭也的確有錯……）

自己表現出來的熱情和行動，終究不是想像中完美的模樣。如果能夠以理想中的機智態度與女性相處，女朋友什麼的早就應該手到擒來了。

「頭腦發熱就是你的致命傷。」

穗高的提醒讓徹平的心臟被重擊了一下。他隱約也有這種自覺，可是被人當面說出來還是打擊很大。

「我看起來那麼衝動嗎？」

「非常。」

聽穗高肯定的答覆，徹平沮喪地垮下肩膀。與女生相處時，到底要怎麼做才能夠泰然自若呢？

（這麼說來，穗高有女朋友嗎？）

在雙方唇槍舌戰時，徹平經常會忘記穗高安靜時也是個閃亮的美少年。他的年紀不大，個性卻很穩重，而且還有考進知名藝術大學的才情與頭腦，再加上又是人氣漫畫家，女孩子不可能不喜歡他吧？

「欸，我說你——」徹平正欲開口詢問，就聽見不遠處傳來另一個人的聲音。

「平日賞花，你們還真是優雅。」

「堂島先生。」

又有一位客人來了。來訪的人是堂島不動產的老闆堂島先生——介紹徹平來燕館的人就是他。

徹平和他是在定食屋相識，當時得知他經營不動產公司，便不自覺聊起自己正在找住的地方。對方說有個物件完全符合徹平的期望，並為他介紹了燕館。

順便補充一點，他們現在吃的竹筍也是堂島先生給的。

「上次麻煩您了。」徹平起身彎腰道謝。

「看來你已經習慣這裡了。」

「多虧有堂島先生的介紹。」

「我想穗高大概會喜歡你這種類型，就介紹你過來了。今後我們就是鄰居了，請多指教。」

「為什麼要扯到我？明明是祖父的喜好才對。」聽到堂島的話，穗高皺眉表達自己的不滿。

「嗯?啊啊,也可以這麼說吧。而且家裡有一個警察,也會讓人比較安心吧?」

「這倒也是啦。如果準備久聊,堂島先生也留下來吃午餐吧?我用昨天的竹筍做了竹筍大餐。」

「那我就陪你們吃個飯吧。其實我剛剛就在想,這些菜色看起來真是美味呢。」

堂島坐下後迅速拿起筷子,看樣子他老早就等著穗高開口邀請他了。

「嗯!這個味噌烤竹筍的山椒味很明顯,真好吃。如果現在有酒,那就更完美了。」

「你就喝茶忍著吧。」穗高拿出備用的茶杯放在堂島面前。

「不能用小酒杯喝一杯嗎?」

「你只能喝茶。亮子姐不也叫你要少喝酒?聽說你的健檢數字很難看。」

「亮子這傢伙居然告訴你了?好吧,我只能喝茶忍一忍了。」堂島不甘願地拿起茶杯喝茶。

徹平在定食屋遇見他時,他也是從中午就開始喝酒了,感覺堂島的酒量似乎很不錯。

「對了,你今天過來是有什麼事嗎?替我找到了新房客?」

「不，不是那方面的事。我是想要確認一件事所以才會來到這附近，就順道過來坐坐了。」

「確認一件事？」

堂島嚥下嘴裡的竹筍飯糰，再度開口：「有個可疑的傢伙在到處打聽你的消息。對方是一個理著平頭、長相可怕、看起來不好對付的男人，個子比鈴川老弟還高呢。」

「理平頭而且長相可怕？」

「渾身肌肉、沒有眉毛、穿著緊身T恤，態度平和反而顯得更加可怕。你有認識這樣的人嗎？」

被這麼一問，穗高開始認真思索著。

「完全不認識。你說他在找我，意思是在找『漫畫家穗高八重』？」

「可能是，因為他提到你是說『穗高老師』。」

「聽起來不像是我認識的人。可能是粉絲吧，很多粉絲都知道我住在這邊。」

「是嗎？」

「我曾經以附近的公園當作漫畫背景，所以有本地人認出來了。而且住附近的大家都知道，這類話題早就不曉得從哪裡傳出去了。」

「所以有很多粉絲找上門嗎？」

「找上門倒是沒有，不過好像有出沒在商店街。」

穗高沒有把這件事看得太嚴重，但曾經面對那名陌生男子的堂島卻無法抹去那股不安。

「那個人感覺不像粉絲，怎麼看都像是混黑道的。」

「黑道的人為什麼要找我？」

假如堂島的猜測沒錯，這件事就更加撲朔迷離了。

「希望一切只是我杞人憂天，如果你出事我會很困擾的，總之萬事小心。」

「謝謝你的擔心，我出門時會小心一點的。」

「對了，這些我可以全部吃掉嗎？」

等徹平注意到時，三層便當幾乎完全空了，看來這一餐似乎很合堂島的口味。徹平也是在搬來大約一個月的時間裡，就徹底被穗高征服了味蕾。

所以即使穗高端出他討厭的蕈菇，他也不敢說不吃。

「竹筍還有剩，等一下我做成味噌烤竹筍讓你帶回去吧。」

「太好了，我要把珍藏的酒拿出來。」

堂島神情愉悅地想著晚上要喝酒搭配美味的味噌烤竹筍。

2

徹平今天要出外勤，去小學舉辦交通安全講座。雖然是在栞就讀的小學舉行，不過這次只有低年級參加，所以他沒見到栞。

他們使用實物大小的模型假人「傻瓜君」和汽車，實際示範行人容易被捲入車底的情況；還有讓學生搭上借來的卡車，感受司機的視線死角，幫助學生認識馬路是多麼危險的地方。

「我去把傻瓜君收進倉庫，你先回去吧。」

用於交通意外撞擊實驗的模型假人早就已經破破爛爛，不過修補之後還是能夠使用。徹平也不懂為什麼整理著傻瓜君時會湧上一股憐惜，仔細想想，大概是因為他把傻瓜君當成好伙伴了吧。希望它今後也能一直繼續堅持下去。

「好，那就麻煩你了。」

徹平在警局門口與同事道別後走向倉庫，卻在擁擠的走廊上被擋住了去路。在走廊的舊沙發上，正坐著幾位高中男生。

大概是被帶來進行輔導，正等著監護人過來吧？

其中兩人賭氣地伸長雙腿，另一人則是端端正正地坐著。他與態度差的兩人看起來不像是同類，也許是受到兩人的威脅才會變成他們的伙伴。

「那邊那兩個，你們那是什麼態度?好好坐好。」

「囉唆。」

「他們做了什麼？」徹平問著一旁的學長。

學長苦笑著告訴他：「恐嚇勒索的現行犯。」

他們不滿要接受輔導，所以百般狡辯。而他們身上，正穿著附近私立高中的制服。

那是一所家境富裕的子女就讀的國高中一貫學校，偶爾冒出這種害群之馬真讓人感到不可思議。

如果是第一次接受輔導，他們應該會更加誠心地自我反省，或是懇求警察不要聯絡家長和學校。然而這兩人的態度甚是囂張，應該是習慣了這種情況。

「最近有很多人來商量被高中生勒索該怎麼處理，恐怕大部分都是這兩個傢伙所為。我剛才問過了，他們的零用錢甚至比我還多，既然這樣，為什麼要勒索別人？」

「嗯，揮霍也不過是瞬間的事吧。」

原因無非是想要錢，或者從勒索財物的行為中得到歡愉。這兩個高中生有很大的可能是因為後者。

「差不多該讓我們離開了吧，我們已經說過沒做壞事了不是嗎？」

「都已經被依現行犯逮捕了，你們還真敢說。」

「那是他好意要借錢給我們，我們可沒有要求啊。」

「沒錯沒錯！」

看樣子，那位看來認真穩重的學生才是首領——這就是所謂的「人不可貌相」吧。

「你們有空逮捕我們這種小角色，不如趕快去抓住那個禿頭大叔！」

「禿頭大叔？」

「我們正在聊天，一個平頭男就插進來就把我們的朋友帶走了，也不知道那個朋友是不是平安……」

「你們的那位朋友叫什麼名字？」

「我哪知道。我們才剛認識，還沒有熟到知道名字……不過我記得他穿著本地公立中學的制服。」

「那個同學真的是你們的朋友嗎？」

「是啊。你們身為大人，居然懷疑小孩子說的話嗎？」

徹平明白學長為什麼拿他們沒轍了。這孩子說話的語氣很有禮貌，但感覺得出來他根本瞧不起大人，說擔心那位國中生應該也只是說說而已。

不過他們的證詞引起了徹平的注意。

「可以問一下你們說的那位大叔，是不是比我高大、渾身肌肉、穿著緊身T恤？」

「對！就是那傢伙！要不是那傢伙打擾我們——痛！」

油嘴滑舌的那位踹了差點說溜嘴的那位一腳，但徹平已經知道他想說什麼了——意思是打擾他們勒索。

「如果你們沒有受到打擾，順利拿到錢的話，那就罪加一等了！在管別人之前，先好好反省一下你們自己！」

徹平也被如雷貫耳的怒罵聲吼得想要摀住耳朵。幾個高中生聽了之後，終於安靜了下來。

（禿頭大叔……不是，平頭男真的是黑道嗎？）

這一帶應該不是他們的勢力範圍，不過也有可能是自行畫地盤活動，才會警告亂來的高中生——真相會不會是如此呢？

他的特徵與找穗高的男子相符，這也令徹平十分擔憂。假如是同一個人，那他想見穗高的動機就越來越詭異了。

「你知道什麼嗎？」

「我聽說平頭男正在到處找我住處的管理人，目前還不知道具體情況，不過如果是跟蹤狂之類的就麻煩了。」

「這樣啊……你現在住在那棟大宅邸對吧？我這邊如果有什麼消息會通知你的。」

徹平在房屋仲介告訴他之前，都不知道燕館的存在，不過這附近的人似乎很少有人不知道燕館。

徹平住進那麼知名的宅邸似乎是個大消息，學長和同事們也曾經好奇地向他打聽住起來的感覺如何。

「感謝幫忙。」

「總之，你快點去把那個假人模型收好吧。」

「啊，對！」

徹平忘記自己腋下還挾著傻瓜君了，他連忙重新抱妥傻瓜君趕往倉庫。

徹平一打開玄關，正好見到那智穿越門廳。

「哦，那智，好久不見……喂，妳理我一下會死嗎！」

隔了一個禮拜才見到那智，那智卻只是瞥了徹平一眼就昂首離開，看來要跟牠混熟似乎得花不少時間。

「好香啊。」

廚房傳來正在煎烤東西的香味。聞到這勾引食欲的香氣，徹平的肚子忍不住開始咕嚕作響。

住進燕館後，徹平總是盡可能早點回家。警察宿舍的餐點雖不算難吃，不過這裡的餐點卻是美味過頭了。

徹平心想，穗高不僅人長得好看，又會畫漫畫又會做菜，上輩子是做了多少善事啊？但仔細想想，蒙受其惠的自己不也是運氣很好嗎？

徹平打算幫忙分配餐點，於是把隨身物品放回房間後，立刻走向飯廳。

「徹平哥，你回來啦！」

「我回來了，栞。好香的味道啊，今天晚餐吃什麼？」

「是白醬焗烤竹筍喔，白醬是我請穗高哥教我做的。」

「真的假的？期待品嘗到妳的手藝！」

竹筍全餐似乎還沒結束，不過徹平很喜歡，所以沒什麼好抱怨的。甚至可以說，只要不是蕈菇類，所有食物他都喜歡。

「我不會把蕈菇放在徹平哥的盤子裡的，你別擔心。」

「呃，妳怎麼知道……是穗高說的？」

徹平討厭蕈菇的事應該只有穗高知道。

看見徹平一臉驚訝，栞若無其事地說道：「看你吃菇的表情就知道了。能夠硬是把討厭的食物吃下去，你還真是厲害。」

「願意稱讚我的人也就只有妳了，琹……」徹平想佯裝撲克臉，卻完全藏不住心情。

他原本不想讓琹知道自己有討厭的食物，但自己的努力能夠獲得認同，也算是得到回報了吧。

「像我就是怎樣也吃不了番茄……」

「妳討厭番茄嗎？」

原來看起來不挑食的琹也有討厭的食物，徹平相當驚訝。

「番茄醬汁或番茄醬還沒關係，但新鮮番茄我吞不下去。」

「也就是說，只要煮過就沒關係嗎？妳是討厭那個新鮮的味道吧？與其勉強自己而更討厭番茄，不如等到培養出大人的味覺，就會願意吃了，這樣不是比較好嗎？」

「是嗎？」

「我已經是大人了，所以討厭的食物也會忍耐著吃下去。」

如果可以不吃，徹平也很想逃避，可是在小孩子面前裝模作樣是大人的矜持。

「聽到你這麼說，我甚感欣慰。今天是蘑菇濃湯，你要吃完別剩下喔。」

「呃，我剛才說的話你聽到了？」

「畢竟你是大人了嘛。」穗高笑著施壓。

如果是當成配菜，徹平還可以先把蕈菇吃掉，勉強撐過去；但是做成濃湯，這難度也太高了。

可是他才剛對栞大放厥詞，現在就算是撕了他的嘴也不能說不吃。

「加油，徹平哥！」

「呃，好，我會加油的……」

徹平原本對晚餐充滿期待，這下子心情瞬間沉重了起來，越想越覺得鬱悶。他盡量不去想這件事，讓自己處於放空狀態。

為了把蕈菇逐出自己的腦海，徹平試著去想一些其他事情。

（對了，我好像有什麼事要告訴穗高……）

徹平開始搜索起腦中的記憶。

「啊，對了，關於那個平頭男，我在警局聽到很像是那個傢伙的消息。看他們的特徵，我想應該是同一個人。」

徹平認為不會再有第二個像平頭男這樣渾身肌肉，並在這種季節穿著緊身T恤的人了。

「他是什麼案子的關係人嗎？」

「說是關係人也的確有關係。局裡逮到因為勒索要被輔導的高中生，那些高中生說他們在威脅國中生時遇到平頭男的阻撓。」

解謎才不像漫畫那麼簡單

「你問過被害者了嗎？」

「還沒，那群人不知道對方的名字。如果那個遭到勒索的孩子願意報警還好，不過遇到這種情況的孩子多半會害怕報復而息事寧人。平頭男果然是黑道嗎？那群高中生該不會是因為在他的地盤上亂來才會被制止吧？」

倘若如此，那些高中生能被警察輔導也是好事。

儘管他們看起來沒有半點反省的意思，不過知道平頭男的來歷之後，他們應該不敢再亂來了。

「該不會是——」

穗高默默地沉思著。知道外面有這樣一個男人在找自己，任誰都會感到不安。

「你上下學的時候要小心。不然這樣好了，早上我送你去學校吧？」

「送我？你又沒車。」

「用走的不行嗎？」

「我為什麼要跟你一起走路去學校？要去就搭計程車去。」

「你太懶了，這樣會缺乏運動的！」

「要你管。」

這件事不管怎麼說似乎都無法達成共識。

「你上下學的時候，有沒有遇到什麼不尋常的地方？」

「沒什麼特別的。頂多是回家途中去買菜，蔬菜店的老闆娘也叫我要小心。」

「平頭男也去過蔬菜店那邊嗎？」

「那個人好像真的在找我，老闆娘回答對方說不知道。」

這時，徹平的手機發出鈴聲。

「你好，我是鈴川。」

「是我，你現在方便嗎？」

「學長？這種時間打給我，是發生了什麼事嗎？」

「那個傢伙出現了，所以我想通知你一聲。」

「那個傢伙……該不會是平頭男吧！」

學長說得太簡略，徹平一時沒想到是什麼意思。

「對，那個人現在就在南町派出所，離你住的地方很近吧？要不要過去看看？現在太田幫你把人留住了。」

「真的嗎?!謝謝學長！對不起，穗高，晚餐我待會兒再吃。」

徹平結束通話後，正準備轉身離開飯廳，就被人叫住了。

「等一下，我也跟你一起去。」

「呃，你去的話會很危險吧？」

讓對方看到自己正在尋找的目標，這絕對稱不上是什麼好主意。徹平認為即使要直接面對面，也應該先確認對方有沒有危險再說。

「假如那個人真的是壞人，也不敢在派出所裡動手吧？」

「話是那麼說沒錯，但……」

「再晚一點步美姐就會回來了，栞，到時妳們先吃飯吧，焗烤應該等一下就會烤好了。」

「好的，穗高哥，路上小心。」

「別擔心，萬一有狀況，我會讓徹平擋著。」

「那我就放心……喂！」

徹平原本就打算要保護穗高，可是先被穗高當作擋箭牌，他還是有點不爽。

（我可以把這些話當成是他認為我值得依靠吧……）

雖然不曉得穗高的真實想法，不過徹平還是決定將那句話當成正面的稱讚。

「我們先在外面看看情況吧。如果看起來有危險，穗高你就先離開。」

「我在場才能夠更快釐清情況，而且我不想聽從你的命令。」

「我是擔心你才這麼說耶！」

兩人在前往派出所的路上討論接下來的安排，卻遲遲無法取得共識。

（到時候有事我就不管你了。）

眼見穗高不願配合，徹平興起了任由他自生自滅的念頭。

兩人就這樣邊爭執不下，邊走到了派出所前面。

湊近看向覆蓋玻璃帷幕的小型建築物內部，只見粗獷的平頭男縮成一團坐在折疊椅上。

「看起來的確不像是從事正經工作的人……」

一般常說不能以貌取人，但對於初次見面的人，也只能用外貌和氣質判斷。

「我先過去看看。」

「太麻煩了，我直接去問他比較快。」說完，穗高便大步走了過去。

「喂，穗高！」

「晚安，方便打擾一下嗎？」

「有什麼事嗎？」

「你別獨自行動啊！」徹平連忙跟著進入派出所。

「啊，鈴川學長。」

現在駐守在派出所的只有徹平的學弟太田，另一個人出去巡邏了。

「我接到加賀學長的電話……」

徹平偷偷觀察起背對著他們的平頭男，那周身劍拔弩張的氣勢，即使是坐著也讓人很難忽略他。

解謎才不像漫畫那麼簡單

徹平正煩惱著如何用不會刺激到對方的方式詢問，哪知道穗高已經搶先開口。
「聽說你在找我，有什麼事嗎？」
「你……」
聽他問得這麼直接，徹平的心臟都快跳出來了。
「你就是穗高老師？」
平頭男聽到問題赫然回頭，一看到穗高，立刻從椅子上彈跳站了起來。
「我就是。」
「那、那個……」
「喂！」
男人小心翼翼地從抱在懷中的紙袋裡拿出了某個東西。
是刀子還是手槍？
一想到這種可能，徹平立刻上前把穗高護在身後。
「如如如如果可以的話請品嘗這個！」
「……甜點？」
從紙袋拿出來的不是刀子也不是手槍，而是裝滿甜點的盒子。瑪德蓮、磅蛋糕和表面畫著可愛圖案的餅乾。
擺在正中央的是穗高漫畫中出現過的吉祥物，呈現出完美的立體造型。

派出所內所有人的視線都集中在他的身上，而打斷這一觸即發氣氛的，是一聲滿懷歉意的女性嗓音。

「不好意思……各位正在忙嗎？」

「不，沒關係。」率先回過神的太田回答道。

「我們有事想要和警察商量。聽說我兒子在商店街遭到高中生勒索，那個時候——」這位母親正在說明情況，原本瑟縮在她身後、穿著國中制服的男生卻突然大喊。

「啊，媽，就是那個人！」

聽到國中生的聲音，氣氛再度緊張起來，太田的手不知不覺放在腰間的警棍上。

「啊，你們誤會了！我的意思是那個人幫了我！」注意到眾人似乎搞錯情況的國中生連忙澄清。

「什麼意思？」

穗高語氣溫和地催促著，國中生戰戰兢兢地開始說明。

「那群高中生向我勒索的時候，是這個人救了我。但當時我因為太害怕，所以就逃走了……」

國中生重新轉向平頭男，用力鞠躬。

「那、那個！謝謝你出手相助！」

「也讓我說聲謝謝，謝謝你幫了我兒子。」

「不客氣，我沒做什麼了不起的事情，不用道謝。」

雙方互相鞠躬。

對於自己只看外表就早早認定平頭男是壞人這件事，徹平認真地自我反省起來，就連在一旁的太田也是一臉尷尬。

（明明見到那群高中生時還想著人不可貌相呢。）

平頭男像是突然想到什麼，轉頭看向穗高。

「那、那個，我也想要向穗高老師道謝。」

「向我道謝？」

「你見過他？」

「對不起，我不記得了……」

「我叫胡桃澤一三，有幸參加過一年前的簽名會。」

看樣子他也是穗高的粉絲，還是參加過那場徹平沒抽中資格的簽名會的其中一人。

「我當時在猶豫該不該去追夢，於是問了老師的意見。那時老師告訴我，如果機會到來，最好起身行動……還說，與其不行動而後悔，不如行動了之後再後悔也不遲。」

「……我想起來了。」聽到胡桃澤的說明，穗高抬起頭來。

「真的嗎？」

「是簽名會最後一個趕到的人？」

「對！就是我！」

「你以前體格這麼壯碩嗎？我記得好像很瘦……」

「做甜點需要體力，所以我鍛鍊了身體。為了展現幹勁也剃掉頭髮，卻一不小心連眉毛也剃掉了。」

那張帶著靦腆笑容的表情很符合他的年紀。

「所以你的體格才會變成這麼結實啊……」

才一年就練到這麼壯碩，他對自己肯定相當嚴厲。

「因為老師的鼓勵，我要去留學了！我原本在車站對面的西點屋當學徒，聽說穗高老師就住在這附近，所以想在離開日本前親自向老師道謝。」

聽到他充滿熱誠的一番話，連徹平的胸口也感覺一陣熱血。

「不管我有沒有對你說過那些話，你都會去追夢不是嗎？」

穗高說得雲淡風輕，變紅的耳朵卻沒有逃過徹平的視線。

「你在害羞嗎？」

「吵死了。」

在他試圖隱藏難為情的話裡，似乎也含著些許笑意。

3

「哇，好像很好吃！」

棻看到眾多可愛的迷你蛋糕，忍不住大聲歡呼。

這些以粉彩色調妝點的甜點很是華麗，看著就令人食指大動。

胡桃澤想請穗高品嘗自己製作的蛋糕，於是隔天便在燕館的飯廳裡一展手藝。

「打擾了，我是東雲出版社的城城崎，謝謝老師今天邀請我來。」

茉莉花是穗高叫來的。穗高這個人雖然有點壞心眼，不過基本上還算是個好人。

「好可愛！每個蛋糕都好漂亮！這些全都是那位先生做的嗎？」

「對。聽說他想當甜點師，過一陣子就要出國進修了。」

「真羨慕啊……」

茉莉花凝視著胡桃澤，雙眼比看到蛋糕時更加燦爛。

「妳、妳該不會是喜歡那種類型吧？」

「不，不是，他不是我喜歡的類型。不過，該怎麼說呢，那身肌肉真棒啊……」

茉莉花一臉羞怯，卻還是對胡桃澤兩眼放光。

（沒想到她居然喜歡肌肉男……）

徹平比較著胡桃澤結實的胳膊與自己的手臂，自己雖然不是弱雞，但確實輸給了胡桃澤。

現在，他決定增加每日例行肌力訓練的比例了。

Solving mystery does not work like manga

Chapter 4

褐色信封大風吹

解謎才不像漫畫那麼簡單

1

「真的很抱歉……」

在燕館的玄關門外，茉莉花深深低頭鞠躬。

下來一樓喝咖啡的徹平為了避免打擾他們，躡手躡腳躲進飯廳不想被發現。

「把頭抬起來，城城崎小姐。」

「這件事我責無旁貸……」她的聲音緊繃僵硬，不見平常的愉悅。

「東西丟了也沒辦法，人都會犯錯的。」

「不！身為編輯竟然把老師交付的東西搞丟，這種行為太荒謬了！改天等老師方便的時間，我再跟總編輯過來賠罪。」

雙方不停地道歉與安慰。從兩人的對話聽來，似乎是茉莉花昨天弄丟了從穗高手中收下的、準備送給讀者的簽名板。那張簽名板上有穗高親筆畫的插畫，好像是雜誌週年慶的活動禮物。

茉莉花發現簽名板不見時，曾經找遍了所有可能的場所，卻都沒有找到。

「妳真的不用放在心上，不過是簽名板——」

「如果還是找不到的話，我打算負起責任辭掉責任編輯的職務。」

「等、等一下！」

原本在飯廳偷偷觀察情況的徹平，一聽到茉莉花的話就按捺不住了。

看著突然出現的徹平，茉莉花露出不解的表情，但他不能就這樣退場離開。

「鈴川先生？」

如果茉莉花不當穗高的責任編輯，徹平就沒有機會看到她了——無論如何，徹平都必須避免這種情況發生。雖然他只是偶然出現的局外人，不過就算嫌他多事，他也要介入才行。

「只要找到弄丟的東西就可以了吧？既然這樣，我們現在就去找簽名板吧！」

「咦？」

「我也……不是，我們也來幫忙！多一點人找，找回失物的機率就越大。」

徹平很自動地把穗高算了進來，因為他想穗高有冷靜的頭腦，找到失物的機率比較高。原以為穗高會覺得麻煩不肯幫忙，沒想到他居然答應了徹平的提議。

「的確，人手和智慧都是越多越好。」

「可、可是我已經到處找過了……而且我也沒道理讓你們兩位去做這種事。」

徹平看出茉莉花對於這項提議心動了，為了再推她一把，他語氣堅定地說：

「再找一次吧，也許這次很容易就能找到了。找尋失物的最高原則就是要在找過的地方再找一遍，而且我說過我們是名偵探吧？」

「你這海口誇得也太大了。」

「痛！對不起，一時太得意忘形了……」

被穗高一記肘擊，徹平暗自反省。看到兩人一來一往像在說相聲，茉莉花的表情終於稍微放鬆下來。

「城城崎小姐，這次的事情可不可以交給我們這些素人偵探處理呢？」

聽到穗高這麼說，茉莉花總算同意地點了點頭。

他們先將茉莉花請入飯廳，聽她說明具體情況。

平常燕館的早餐時間很熱鬧，但現在只有他們幾個所以很安靜。栞和步美去買東西了，二階堂則是還在熟睡。

這裡似乎還有其他房客。不過因為長期出差或回老家等原因，至今還未與徹平見過面。

「讓妳久等了。」

穗高把剛泡好的紅茶輕輕放在茉莉花面前。徹平雖然不太清楚那是什麼種類的紅茶，不過聞起來有一股甜香的味道。

「喝溫熱的東西可以讓妳冷靜下來，這是無咖啡因的茶。」

「謝謝老師，還讓您特地為我泡茶，真的很抱歉……」

然而，餐桌上只放了兩個茶杯。

「我的茶呢？」

「自己去泡。」

「……我想也是。」

早就預料到會是這種回答，徹平還是有些落寞。他沒自信能把紅茶泡好，所以只好把杯子放在咖啡機下方。

聽說飯廳裡的咖啡機是穗高在畫連載時買的。一開始家裡是泡即溶咖啡或手沖咖啡，後來忙到連泡咖啡的時間都不能浪費，逼不得已才買了咖啡機。

聽到這種情況，徹平就能夠感受到週刊連載的辛苦。

「這個紅茶真好喝！」

「太好了，看來有符合妳的口味。我也喜歡這個紅茶，風味茶能夠幫助轉換心情。」

「我也很喜歡風味茶，甜甜的香氣讓人一下子就放鬆了。」

這些沒有重點的閒聊稍微緩和了沉重的氣氛，茶與對話果然能夠安撫人心。

「你對這類事情懂得很多嘛，在哪裡學到的？」

感覺有點像是偏見，不過徹平覺得年紀輕輕卻對茶和咖啡很了解的男人，算是滿少見的。至少在他認識的人之中，只有穗高是這樣。

「我母親喜歡，所以休假時我經常陪她喝茶煮咖啡。」

「這樣啊，做菜也是你母親教你的嗎？」

「做菜是我向祖父母和幫傭學的。」

「你家裡有幫傭？」

其實徹平隱約有感覺到穗高家似乎是有錢人。畢竟能買下這麼氣派的豪宅當作分租套房，仔細想來穗高的祖父也不可能是什麼普通人。

「因為我爸媽都是大忙人。」

「嗯？這麼說來，你爸媽現在在哪裡啊？他們不住在這邊嗎？」

穗高有漫畫家的收入，現在還擔任宿舍管理人，但他的正職仍是學生。雖說他已經成年，不過這種年紀有不少人還是和父母親住在一起。這還是徹平第一次聽到穗高提起自己的父母。

「我也不清楚，可能在國外吧。我開始住在這裡是國中的時候，這裡原本不是宿舍，只是我祖父母的家。」

應該是有某些原因，才讓穗高離開父母身邊，與祖父母同住吧。

「我的事不重要吧？現在優先要做的是找到失蹤的簽名板。」

「抱歉，你說的沒錯。」

穗高難得提起了自己的事，所以徹平不自覺就多問了。

（看樣子很複雜呢……）

家家有本難念的經，徹平反省地想著，自己不該如此不客氣地介入干涉。

「那麼，可以請妳告訴我們發現簽名板不見時的情況，以及可能放在哪裡嗎？」

聽到穗高的問題，茉莉花表情一暗。

「好……不過，簽名板到底在哪裡弄丟的，我完全沒有印象。」

「是不是放在電車上忘了拿？」徹平希望能夠幫茉莉花回想，也跟著提出問題。

「不是，我一直拿著那個信封。回到編輯部打開信封後，才發現裡面裝的是不一樣的東西。」

「不一樣的東西？」

「是舞臺劇的節目手冊。」

茉莉花把一本紅色封面、印著燙金標題的手冊拿給他們看。

「是不是穗高把信封交給城城崎小姐的時候，誤拿成裝手冊的信封？」

人家常說「當局者迷，旁觀者清」，質疑問題的源頭也是一種思路。

「我沒看過這齣舞臺劇，對於工作的東西也不可能隨便處理。」

「收下老師的簽名板時，我檢查過內容物，的確是穗高老師畫的簽名板。」

「我只是為了謹慎起見問一下。裝著簽名板的信封是什麼樣子？」

「就是一般的褐色信封，附近便利商店都有賣。」

「大量生產的商品啊……」

在消費時代，很難鎖定證據來源，這就是大量生產的缺點。

「昨天我忘了帶購物袋，所以直接拿著穗高老師給的信封回編輯部了。」

「也就是說，信封可能是在回程途中被調包了？」

「我想應該是。」

徹平原以為只是單純放在某處忘了，實際情況似乎比想像中更複雜。要調包信封內容物，簡直像在變魔術一樣。

「妳完全沒注意到信封裡的內容物變了嗎？」

如果被掉包了，內容物的觸感也會改變才對。光是簽名板和一疊紙的硬度就完全不同。

「穗高老師為了避免簽名板折到，夾了厚紙板在裡面。這樣一來，就和舞臺劇節目手冊的厚度差不多了，所以我才會沒發現內容物變了……」

「我想，調包一定要有好的時機。妳回想看看，有沒有哪個時候最有可能被動手調包？」

「只有在電車上整理隨身物品時，我暫時把信封擺在隔壁座位上，只注意著包包。會不會是那個時候，有人弄錯拿走了呢？」

「沒有人撿到簽名板送去失物招領吧？」

「我昨天和今天早上都去問過，我搭乘的路線沒有人撿到東西。」

「除此之外，還有哪些時候妳覺得有可能被掉包呢？」

「好像有又好像沒有……現在回想起來，我覺得每個時刻都值得懷疑。」茉莉花太拚命回想，反而讓自己草木皆兵。

「城城崎小姐從車站到這裡，是怎麼過來的？」

「與上司一起的話，是搭計程車；我一個人過來則是搭公車。昨天我也是搭公車回到火車站附近的。」

從最近的公車站牌搭車到火車站需要十分鐘左右。以徹平的腳程來算，這段距離不算太遠，不過穿著高跟鞋的女性或許會想利用大眾運輸工具。

「妳問過客運公司了嗎？」

「當然，不過客運公司也沒有收到遺失的褐色信封……」

「也有可能今天才送去，妳再去問一次看看吧！如果是從燕館到出版社途中被調包，信封一定就在某處。我們按照相同路線去找找看，或許妳會想起來也說不定。」

「也對。昨天順路去的店家差不多也開門了，我們就走同樣的路線回編輯部吧。」

2

「今天早上有人送來褐色信封，目前暫時保管在我們的辦公室裡。」

問過客運公司之後才得知，今早有人送了信封過去，於是三人立刻前往客運公司的辦公室。

由於辦公室設在停放公車的車庫中，他們決定搭計程車前往。

「不好意思，我是剛才打過電話來詢問遺失物品的人。」

進入建築物後，茉莉花朝坐在櫃檯工作的女士開口。

「您就是遺失褐色信封的乘客嗎？為了確認東西是您的，方便告訴我信封裡面裝的是什麼嗎？」

「好的，沒問題。」

「敝公司收到的信封是這個。」

的確是褐色信封沒錯，只不過上面印著其他公司的名稱，不用檢查也知道不是他們在找的信封。

「不是這個，還有人送其他信封過來嗎？」

「大型的褐色信封只有這個。」

「好的，不好意思耽誤了您的時間。」

道謝後，他們離開了辦公室。

「可惜不是呢。」

期待越高，失望也就越大。

「我們不是還有地方沒去嗎？打起精神，去下一個地方吧。」徹平替沮喪的茉莉花打氣，現在談放棄還太早了。

「沒錯，現在可不是意志消沉的時候。」

「我們要搭公車在火車站前下車對吧？」

徹平向仰頭的茉莉花確認接下來的目的地。聽到徹平的問題，茉莉花搖了搖頭。

「不是，我昨天想去買慰勞品給我負責的其他作家，所以曾在商店街的公車站牌下車。商店街上有一家很有名的和菓子店，穗高老師應該知道吧？」

「妳說的該不會是『藍屋』？」

「對，就是那家店。」

「我祖父是那裡的常客，他喜歡店裡的最中餅，經常派人去買。」

徹平不知道那家店，不過既然是穗高家裡往來多年的店，事情就好辦了。

「我們就去那邊看看吧！」

「可是我昨天只是為了買甜點而去的，信封在那裡被調包的可能性應該不大吧？」

茉莉花露出了「應該不太可能」的表情。

「去了之後或許能夠想起妳忘記的細節，反正我剛好也想過去打聲招呼，就去一趟吧。」

「好吧。」

說著，他們搭上了通往商店街的公車。

「哎呀，穗高，好久不見，今天也是老樣子嗎？」

在附近的站牌下車後，一行人穿過寫著「藍屋」的短門簾進入店內，女店員立刻開心地招呼穗高。

店裡才剛開門營業，還沒有其他客人。

「妳好，木津惠小姐。我今天不是替祖父來買東西的。」

「富士雄老爺還沒回來嗎？這次出門時間真久啊。」

「他完全沒有要回來的樣子，看來在旅途中過得很愉快。」

「那麼你今天過來，是要採購給房客們的甜點嗎？」

「不是，只是有點事想要請教。」

穗高結束閒聊進入正題。

「她是我的責任編輯，昨天來這裡買過東西，妳有印象嗎？」

「這麼說來我的確見過她……該不會是我們店裡的商品出了問題？」木津惠一臉擔憂地看向茉莉花。

「不是的！是我弄丟了一件重要物品，我想可能是有人拿錯了，所以正在尋找。我想說如果重新走一遍昨天去過的地方，也許會想起什麼……」

「原來如此，妳弄丟的東西是什麼呢？」

「一個大型褐色信封，而且我好像誤拿了別人的東西。」

「您提到的信封，是像這樣的嗎？」

「就是它！」茉莉花大喊了一聲。

「很抱歉造成妳的誤會，不過這不是妳在找的信封。這是我請去看舞臺劇的朋友幫我買的舞臺劇節目手冊；那場演出我正好無法前往，朋友昨天才幫我把手冊帶過來，但我因為太忙了還沒時間看──嗯？」

木津惠拿出內容物給他們看，但拿出來的卻不是舞臺劇節目手冊，而是某種文件。木津惠發現東西與原本以為的不同，不由得一臉訝異。

「這好像是小說原稿。」

「裡面為什麼會裝著這個？」

「妳問我，我也無法回答……」

他才更想從對方口中問出答案呢。又遇到一樁物品搞丟事件，事情真的有這麼巧嗎？

「那、那個，妳說的節目手冊該不會是這個？」

「就是它！」

茉莉花把懷中的信封拿給木津惠看，這次換木津惠大喊了。

「這是妳的東西？」

「的確是我委託朋友買來的節目手冊，可是為什麼會在這位小姐手上？」

「我也不清楚……至少我昨天來店裡時，沒有遇上任何人。」

「嗯，我朋友拿這個來給我的時候，應該也沒有碰到這位小姐。」

「也就是說，調包不只發生過一次。」穗高喃喃地說道。

「什麼意思？」

「簽名板、舞臺劇節目手冊和小說原稿，現在至少有三件物品互換了。也就是說，其中至少發生過兩次拿錯東西的情況。如果只是與城城崎小姐手裡的信封互換，木津惠小姐手上的應該是簽名板才對。」

「原來如此。」

徹平腦子裡一團混亂，但也想不到其他可能。

「為了謹慎起見，穗高我問一下，信封裡的小說該不會是你寫的吧？」

「我怎麼可能做那種事，而且我也沒寫過小說。」

「嗯，也是啦……」

如果多才多藝的穗高願意挑戰，或許他也能夠寫出小說，不過現在這項能力應該還不是他的特殊技能之一。

「木津惠小姐，能幫我們問問妳的朋友有沒有可能在哪裡拿錯了信封呢？」

「當然可以，請稍等。」

木津惠打了電話，對方卻一直沒有接通。等到轉接至語音信箱後，她才終於放棄，掛掉電話。

「對方好像正在工作，我想到休息時間應該會回撥，到時候如果我朋友有說什麼，我再跟你們聯絡。」

「謝謝妳幫了大忙！」

眾人決定一邊繼續找簽名板，一邊等木津惠的來電。

「順便問一下，妳的朋友從事什麼工作？」

「是業務。有一次跑外勤途中過來吃點心休息，碰巧發現我們喜好相同，就變成朋友了。」

「真是美好的邂逅啊。」

「平常時間如果可以配合，我們會一起約去看舞臺劇。不過最近我老公閃到腰，我不能放他一個人。」

「老闆沒來店裡也是這個原因嗎?」

「店裡的甜點有公公他們幫忙製作，所以還用不著擔心。比較麻煩的是上廁所……」

「哎呀，請多多保重。」

徹平的上司也曾經閃到腰，因此平常能做的事全都不能做了，為此感到非常鬱悶。

「話說回來，這個稿子該怎麼辦?」

「總而言之，我們先拿舞臺劇節目手冊交換。至於這份原稿的主人，就由我們去找出來了。」

「謝謝，真是多虧了你們。這個舞臺劇節目手冊聽說已經買不到了。」

她剛說完，正拿出節目手冊時，一張紙片飄落了下來。

「有東西掉了。」

徹平還來不及彎下腰，穗高已經快速撿起紙片。

「城城崎小姐，妳去吃了義大利冰淇淋?」

「咦?去了……可是您怎麼知道?」聽到突如其來的問題，茉莉花滿是不解。

「我猜想妳是不是拿到和這個一樣的折價券。」說完，穗高拿著撿起的紙片給她看。

「其實是我看昨天下午天氣很好，所以去吃義大利冰淇淋當作遲來的午餐。」

她有些尷尬——大概是因為回公司途中，為了滿足自己的私欲跑去其他地方閒晃而有了罪惡感。

「或許就是因為這樣，信封袋才會發生大風吹！我們等一下就去那家義大利冰淇淋店看看吧！」

去了那裡，可能會找到新的線索。

「你們的情況似乎變得很不可思議呢，可惜我無法幫上更多忙……不過還是謝謝你們。」

見木津惠一臉歉疚，穗高再次開口道謝：「不客氣，我們也因為木津惠小姐而得到了一些有用的消息。」

「別擔心，你們一定會找到的！對了，你們拿一些銅鑼燒回去吧，吃甜食能夠讓大腦獲得養分，或許能夠想起原本忘記的事呢。」說完，木津惠把櫃檯上的銅鑼燒裝袋交給他們。

「那、那個，我很感謝妳的心意，不過有那份心意就足夠了。」

「拿去吧，別客氣。這些是我們用來招待客人的試做品。如果方便的話，改天請告訴我試吃的感想。」

「啊，好的。」

也不曉得木津惠為什麼會認為徹平是負責提東西的，就把裝銅鑼燒的紙袋硬塞給了他。

「努力去找回失物吧！」

他們收下木津惠的鼓勵，在她的目送下跟隨人潮走出商店街。

「結果得到了銅鑼燒啊……」

「她人很好，只是從以前就有強迫中獎的習慣。」穗高說完，聳了聳肩膀。

3

從藍屋到義大利冰淇淋店不用五分鐘。

純白色牆壁搭配粉彩色剪影，招牌上畫著可愛的吉祥物——店內是徹平難以獨自踏入的氣氛。

「這是熊嗎？」

冰淇淋店的吉祥物像貓熊一樣黑白相間，臉卻長得不一樣。徹平實在看不出來吉祥物究竟是什麼動物。

身旁的穗高不悅地小聲說：「那是小食蟻獸。」

「啊，原來如此。」

徹平不懂他為什麼會不高興，他猜也許是穗高非常喜歡的小食蟻獸吧。

「我們好像來早了一點，稍微等一下吧。」

開店時間是十一點，徹平看了看店內，他們似乎還在準備。

然而穗高卻搶先一步打開了門。

「早安。」

「喂，人家還沒開門——」

徹平才正要阻止，店後方就有人走了出來。

「抱歉，我們十一點才開門……咦？這不是穗高嗎？真難得看到你來！」體型微胖、看來像店長的男人張開雙手歡迎穗高的光臨。

「好久不見。」

「今天帶了朋友一起來嗎？來，快請進快請進！」

「不是，他們算不上朋友……」

「機會難得，想吃什麼儘管點，今天由本店招待！」

「這位也是你認識的人啊？」

似乎是聽到了徹平小聲的提問，店長主動說明自己和穗高的關係。

「其實這個吉祥物，是我在穗高高中時請他幫我設計的。」

「原來是這樣！」

所以自己誤以為那是熊，才惹他不高興嗎？

徹平瞬間懂了，也深刻反省著自己的失言。

「他不肯跟我收設計費，我就改為招待他一輩子都可以免費吃我們店裡的義大利冰淇淋。可是截至目前為止，他只來吃過一次。」

「抱歉，因為一直沒什麼機會。」

穗高不習慣接受別人的好意，所以在別人眼裡就顯得過分疏遠客套。

「難得來了，就趁現在吃一頓吧。各位，你們要什麼口味？」

「不，今天是——」

「我正在挑戰製作花草口味的義大利冰淇淋。這個口味很好吃，而我也正好想增加一些適合夏天的口味。」

「原來有花草口味的義大利冰淇淋啊。」聽到店長的話，茉莉花很感興趣。

聽到這裡，店長突然熱情了起來：「這可是本店獨創！我推薦幾個口味讓你們嘗嘗看，你們先坐下等我！」

「那、那個……」

徹平想叫住對方而伸出的手停在半空中不知所措。連來這裡的目的都來不及說明，店長就匆匆忙忙地走掉了。

店裡的氣氛很悠閒輕鬆，店長的個性卻有些躁進。或許是因為了解對方的個性，穗高只是稍微聳了聳肩。

「總之，我們先坐下來等吧。」

「也只能這樣了。」

無論如何都得等店長回來才能繼續打聽消息。

「對了，城城崎小姐，妳昨天坐在哪個位了？」

「我想想，是那邊吧檯座位正中間的位子。因為當時只有那邊有空位。」

面對馬路的窗邊吧檯，擺放著三張高腳椅。

「妳可以用同樣的方式入座讓我看看嗎？」

「啊，好的。」

徹平認為重現昨天的視角，或許就能想起什麼。

等茉莉花坐上高腳椅後，徹平開口說道：「如果信封是在這家店裡拿錯的，那麼很有可能是在坐著的時候發生。」

「我也是這麼想。妳吃冰淇淋時，把信封放在哪裡？」

「吧檯的檯面上。我的視線沒有離開過信封……應該說我原本就打算絕不離開信封……」

結果東西還是弄丟了，所以她對自己的行動已經失去了信心。徹平與穗高也分別坐在吧檯另外兩張空的高腳椅上。

「妳還記得隔壁是什麼人嗎？」

「左邊是個穿西裝的男子，感覺很像我們公司的可怕上司……他點了最大號的甜筒餅乾，還點了三球冰淇淋，所以我印象很深刻。」

「那麼，坐在另一側的人呢？」

「這邊坐的是個女生，我想應該是高中生。我吃冰淇淋的時候不小心撞到她的手臂，道歉時我們有過對話，不過我沒看她的臉，所以無法確定是什麼樣的女孩子……」

徹平認為味覺應該不分男女，但願意造訪這種可愛風格甜點店的男性仍是少數，所以他能理解茉莉花對西裝男子的印象比較深刻。

「也就是說，寫小說的可能是西裝男或女高中生其中一個吧。」

「這種可能性很高。雖然這樣做不太好，不過可以讓我看看小說的內容嗎？」

「啊，說得也是！」

接著，茉莉花從包包裡拿出了信封。

縱使知道不應該未經許可就自行翻閱，可是或許能從原稿中找到關於作者的線索。

徹平從一旁看向茉莉花手中的稿子，稿子用長尾夾固定，封面印著標題和筆名。

「是男性的名字。」

「光看筆名無法判定性別吧。」

也有名字像女生卻是男生的例子，或者相反。看穗高就知道了。

「看起來是業餘人士的作品。書寫格式與使用四百字稿紙一樣，還附上摘要……會不會是打算投稿的作品？」

「原來小說投稿的格式是這樣啊。除了筆名之外，沒有附上本名或地址嗎？」

「很可惜，什麼都沒寫，所以也不曉得這是要投稿到哪裡去的。」

「大概是忘了附上投稿用的報名表吧。」

徹平不清楚投稿流程，不過他曉得如果沒有投稿者的個人資料，得獎時就聯絡不到人，所以至少應該要附上本名和地址吧。

「有些地方會要求把報名表貼在信封上，我用筆名上網查查看。」

「這點小事交給我吧。」

徹平為了讓自己派上用場，自願負責上網搜尋。可惜搜尋引擎和社群網站都試過一遍，卻沒有找到名字完全一致的人物。

「沒有找到筆名類似的人……也許這個人沒有玩社群網站。」

徹平搜尋時，穗高已經大略看完小說了。

「故事內容是在講什麼？」

解謎才不像漫畫那麼簡單

「殺人懸疑中篇小說，犯案動機與最近的社會議題有關，是主題偏嚴肅的作品。」

「也讓我看看吧。」

其實徹平平常不看一般小說。他記得自己最後一次看的書，好像是高中的教科書吧？雖然他沒有在書店買過小說，不過依舊抗拒不了好奇心的驅使。

徹平努力地閱讀著，卻因為文章中有太多成語和專業術語而頻頻走神。

「這麼艱澀的內容，想必作者應該就是西裝男吧？」

「作者的年齡和性別不能根據作品風格判斷。」

「總之先假設看看。既然書中角色都是男的，我猜作者至少是比我年長的人。」

「如果假設就可以當作定論的話，我推測作者是高中生。作品的文字偏硬，但到處都看得到勉強拼湊的痕跡。角色的說話用詞也偏年輕，感覺是在做超過自己能力的事。」

穗高的意見與徹平完全相反。

「年輕孩子很難寫出這種社會黑暗面主題的作品吧？」至少徹平就不會去思考這種艱澀的問題。

「你該不會都是以自己的標準去看待人事物吧？」

「才、才沒有！」

完全被說中，徹平忍不住抖了一下。

「對於那些不公不義的事，年輕人反而更看不過去不是嗎？真可惜，如果知道這是要投稿去哪裡的，就能向編輯部打聽了。」

「編輯部對於一個正準備要投稿的人，能有多少了解？」

「這個人也許不是第一次投稿。」

「原來如此，如果之前也曾經投稿過，只知道筆名也能找出作者。順便問一下，這類徵稿的地方有多少呢？」徹平認為這種事情身為編輯的茉莉花應該比較清楚，於是開口詢問。

「如果是專門出版小說的地方，每家出版社都有新人獎。再加上各出版社旗下的各類雜誌也都有在徵稿，所以大大小小合計起來還不少……」

「說的也是。」

「寫這篇小說的人一定也在找這份稿子。」

如果雙方都在找對方手上的信封，找到的可能性就會大增。只要對方發現自己拿錯了就好，但是……

「是嗎？這不過是列印出來的東西，弄丟了只要再印一份就好。」

「可、可是對方看到穗高的簽名板，不會嚇得趕緊聯絡編輯部嗎？」

徹平心想，在與穗高認識前，如果撿到親筆簽畫的簽名板這種珍貴到不行的東西，自己一定會到處尋找持有人或是向出版社告知。

「又不是誰都認識我，當作普通失物送還的機率還比較大。」

「怎麼可能！每個人一看到畫，立刻就會知道是你的作品！」

「也不是所有人都看漫畫，你不是也抱怨過沒有人能陪你聊這類的話題嗎？」

「那是……」

那只是身邊沒有同樣熱血的人可以暢談，不是穗高知名度的問題。

（而且我現在有伙伴了！）

他最近交到了颯汰這個朋友。只要喜好相同，年齡差距就不是問題。

就在徹平無法據理反駁時，店長拿了三杯義大利冰淇淋回來。

「讓你們久等了！這是我推薦的接骨木和薰衣草，還有人氣最高的香草。穗高是開心果和薄荷巧克力對吧？別擔心，你的是小杯的。」

「謝謝。」

穗高接下一片翠綠的杯子。

「裝、裝得好滿啊。」

遞給徹平和茉莉花的大號杯裡裝著滿滿三種口味的義大利冰淇淋，頂端撒上了堅果和果乾，看起來非常美味，不過分量有點太驚人了。

「你們下次再來不曉得是什麼時候，所以我就大方招待一下了。」

「我會好好享用的！」

雖然能夠吃到免費冰淇淋是托福穗高的福，不過徹平這個人對於別人的好意一向是坦然接受，反正改天有機會再報恩就好了。

「這樣實在太不好意思了……」

「別客氣，快趁融化之前吃光吧！可以的話，吃過之後請告訴我感想。」店長微笑著對謹慎客氣的茉莉花說道。

「那我就不客氣了。」

兩人開始吃起自己手上的大冰山。徹平想起步美泡給自己喝的花草茶的味道，擔心那個味道會不會不適合做成義大利冰淇淋，沒想到他吃下一口就立刻改觀。

「非常清爽順口呢！」

大概是搭配了其他水果的關係，冰淇淋的香氣與水果清爽的酸味堪稱一絕，再搭配上清新的花草香味，讓口感變得更加醇厚滑順。

「真的耶，薰衣草和接骨木口味的也很好吃。」

「太好了！這是我的自信之作，不過一直都賣得不太好。」

「我下次要買給朋友當伴手禮。」

「我也會在辦公室裡推銷的。」

「謝謝，你們這麼說真是幫了我大忙——啊，對了，你們不是有事找我嗎？」

聽到店長的問題，徹平這才想起此行原本的目的。

「對！我們正在尋找失物！」

「尋找失物？有人把東西忘在我們店裡嗎？」

「不是，不是忘在店裡，而是我原本拿著的東西，好像不小心跟別人的東西對調了……」

「那真是太糟糕了。」聽完茉莉花的說明，店長的眉頭變成了八字眉。

「事情發生在昨天下午，不曉得店長是否還記得當時在場的客人呢？城城崎小姐，妳大約是幾點來的？」

「我記得是三點左右。我們在找跟這個一樣的信封。」她把裝著小說原稿的信封拿給店長看。

「嗯，三點左右的話，店裡好像有這位小姐、兩個穿著附近女子高中制服的女生，還有一個男人。這麼說來，他們的手上都拿著相同的褐色信封呢。」

「果然是在這裡拿錯了！」

聽到店長的回答，眾人彷彿看到了希望。

「不好意思，店長先生，你知道坐在那個位子上的男人是哪間公司的嗎？」

待。

「知道啊，他是店裡的常客，我連他的電話號碼都知道。」

「咦？真的嗎？」

徹平只想著也許會得到什麼情報而隨口一問，沒想到店長的回答卻超乎他的期待。

「雖然不能把聯絡方式告訴你們，不過我可以幫忙打電話確認看看。」

「麻煩你了！」

「好，可以等我一下嗎？」說完，店長返回店內後方。

一直麻煩店長讓三人很過意不去，不過這下子事情應該就能解決了。

「我認為是女高中生。」

「那麼我們賭一下吧。假如我猜錯，就選一天不管你說什麼我都聽話照辦。」

「好。如果是你贏了，我就拿掉餐點裡的蕈菇。」

「真的嗎！」

這場勝負對我來說簡直易如反掌——一想到能夠永遠擺脫蕈菇，徹平就滿心雀躍。他堅信自己會贏得勝利，忍不住偷偷握緊拳頭。

徹平的臉因為清晰可見的希望而綻放出笑意。

4

「鈴川先生，真是可惜呢。」

茉莉花的安慰讓徹平有點感動。店長打電話詢問過後，確認了男人並不是小說原稿的作者。

「不，錯在我太大意了，居然敢挑戰穗高……」

「可、可是也多虧有你，我們才能把範圍縮小到女高中生不是嗎？我一個人是不可能辦到的。」

茉莉花從那位女高中生的制服，認出對方是附近一所國高中一貫的私立女校的學生。

公立學校週末多半都是放假，但幸好這所學校週六也要上課。為了打聽消息，他們按照店長的情報，在女子高中正門前等待著放學時刻的到來。

「不過，我們看起來真像是可疑人物。」

一群大人在女校正門前面等人，怎麼看都非常可疑。

「可能會有人去報警。」

「那樣的話，我會被上司罵死的。」

縱火騷動那次，老大就已經氣到不行了。雖然刑事組的學長稱讚他出乎意料地有骨氣，但這次若是再得意忘形，恐怕又會惹火老大，所以徹平最近格外乖順。

「找高中生探聽消息還可以，但我們要怎麼找出那個作者？」和他們一起站在門口的茉莉花也隱約不安。

「既然是寫小說的，有沒有可能是文藝社的社員？」

「哦哦！這樣推敲起來確實很有可能！」

「好，那我們就先從文藝社的社員找起。」

就在他們決定好尋人方向時，放學的鐘聲正好響起。過了一會兒，有一兩位學生緩緩走出校門。

「出來了！」

「那麼，剩下的就交給你了。」

「咦？我去嗎？」

徹平很不擅長主動搭訕陌生女性，更何況現在面對的還是高中女生，他就更沒有把握對方會搭理他了。

如果是跟小學生搭話，他還有自信。雖然他與高中女生的年齡相差不多，卻已經覺得她們是外星生物了……

「你是警察，這種事應該得心應手吧？想當刑警的話，怎麼可以不熟悉這種小事。」

「你說得沒錯……」

此時退縮的話，與夢想的距離就會越來越遠。徹平也擔心會失敗，不過眼下不是找藉口的時候。

穗高再聰明伶俐也只是外行人，需要有人先為他示範才行。下定決心後，徹平走向了兩名學生。

「對不起，是否能耽誤妳們一點時間？」

「不行。」

沒想到，他立刻就被拒絕了。

徹平再次重新振作，對下一組人開口：「那、那個，我有點事情想請教——」

「噁心死了，這個人是怎麼回事？」

「快走快走。」

「啊……」

每個學生都以懷疑的眼神看著徹平，沒有人願意理會他。

（果然不行啊……）

被女高中生嫌棄的徹平沮喪地垂下肩膀，更別提什麼要示範打聽消息的方式給穗高看了。

這種時候，只能靠同樣是女生的茉莉花出面了吧。徹平回過頭想要求助，就看到被女高中生們團團圍住的穗高。

（穗高居然被搭訕了……）

穗高甚至都沒有發出聲音，就擄獲了一票女生。

「這位哥哥你長得超好看的！」

「你在等誰啊？」

「你是怎麼保養皮膚的呢？」

「你是大學生吧？」

「你是哪所大學？」

「如果你還沒吃午餐的話，要不要一起？」

女高中生們連珠砲似地不斷問著穗高各種問題，在眾人嘰嘰喳喳地包圍下，徹平甚至沒有插話的空間。

「啊，不是，我……」

穗高十分困擾地朝徹平投以求助的眼神，看來穗高似乎不喜歡跟同輩的女生打交道。

「對不起，方便打擾一下嗎？」收到求助視線的徹平連忙介入高中女生與穗高之間。

「喂，你搞什麼啊！」

解謎才不像漫畫那麼簡單

徹平被高中女生們冰冷的視線死死瞪著，也還是不忘勉勵自己保持微笑。

「我和他是一起來的。我們正在找人，如果可以是否能夠協助我們呢？」

「什麼？這個大叔竟然是你認識的人嗎？我看他很可疑，原本正打算報警呢。」

「哈哈……」

看樣子，這次是勉強安全過關了。

「你們要找誰呢？」

「我們正在找一位小說作者，請問各位有沒有認識的人在文藝社呢？」

「我們高中部沒有文藝社耶，會喜歡寫東西的通常是圖書委員吧……啊，那一位就是。陽奈，妳過來一下！」

一位正好路過的學生被突然叫住了。

「怎麼了？」

名叫陽奈的女生走了過來，她臉上戴著符合圖書委員氣質的眼鏡，一臉嚴肅。

這裡的校風大概相對自由吧，另一個站在陽奈身邊的辣妹風格女孩將頭髮染成淺色，制服也穿得亂七八糟。

「陽奈，妳是圖書委員沒錯吧？」

「嗯，沒錯。」

「這些人好像有事情想請教妳。」

「請教？」

「沒錯，那麼剩下的就交給妳囉，我們先走啦！小哥哥，改天再跟我們一起去玩吧！」說完，她們帶著銀鈴般的笑聲轉身離去。

「那個，你們想問什麼？」

「我們還有其他地方要去，沒有太多時間耗在這裡。」那個辣妹風格的女生像陽奈的隨身保鏢般在一旁插嘴。

「沒關係的，芳佳。他們看起來不像是壞人。」

「人不可貌相，這點陽奈妳也很清楚吧？」

看樣子，她無法完全對徹平他們放下戒心。

「別擔心，我們很快就會問完。有個東西想請妳們幫忙看看。」

徹平試圖解釋安撫那名叫芳佳的辣妹風格女孩，但對方似乎還是很懷疑的樣子。

「等等，你不會給我們看什麼不正經的東西吧？」

「沒那回事！」

「那、那個，我們在找一篇小說的作者。」注意到徹平似乎無法解決事情，於是茉莉花接著開口解釋。

「小說？」

芳佳終於產生了興趣。

「我們正在找這篇小說原稿的作者——」

「這篇原稿為什麼會在你們手上！」

看到茉莉花拿出的那疊稿紙，原本在一旁的陽奈驚呼出聲。

「這件事情解釋起來要花一點時間……總之，這個信封昨天在義大利冰淇淋店跟我的私人物品對調了。」

「我們昨天也去了義大利冰淇淋店！」

「果然是在那間店不小心拿錯的，能夠找到失主真是太好了！」

看來他們終於找到小說作者了。徹平彷彿走出漫長迷宮般鬆了一口氣。

「多虧了你們兩位的幫忙，謝謝你們！」

「能夠幫上忙最重要。」聽到茉莉花的感謝，徹平抬頭挺胸。

「那麼，這篇稿子必須物歸原主，妳就是作者吧？」

「這——」

陽奈才剛要回答，穗高就看著芳佳說話了。

「寫這篇小說的人是妳吧？」

「咦？」

眾人聽到穗高的話不禁嚇了一跳，不過芳佳的驚嚇似乎與其他人都不一樣。

「你居然猜到了。只要我們兩個在一起，大部分的人都會以為是陽奈寫的。」

「這不是妳寫的嗎？」

「我只負責讀，我沒有芳佳的文采。」陽奈的話並不是謙虛，而是真心這麼想。

「我問你，為什麼你會認為是我寫的？」

「妳剛才用左手護著她，所以我猜妳是左撇子。」

「怎麼會突然提起左撇子？」

「城城崎小姐提過，自己在義大利冰淇淋店坐下時，曾經撞到右邊的女生。城城崎小姐是右撇子，同樣是右撇子的話，手臂不應該會撞到才對，所以我是這樣推測的。」

「小哥哥，你居然能注意到這種細節，真厲害。我下次可以拿你當作小說角色嗎？」

聽了穗高的說明，不只是芳佳，連徹平和茉莉花都感到十分佩服。

「我喜歡觀察別人。」

「所以你第一次遇到我的時候，也仔細觀察過我了？」

「那個時候你的舉止很可疑，所以我一直戒備著。」

「可疑……」徹平沒想到自己居然會被當成可疑人物。

「咦？那麼舞臺劇節目手冊又是什麼時候對調的？」徹平突然想起還有一個疑問沒有解決。

「西裝男子就是舞臺劇節目手冊一開始的持有人啊，木津惠小姐又沒說她的朋友是女生。」

「什麼！」

穗高指出盲點之後，徹平終於恍然大悟。他一直誤以為對舞臺劇有興趣的人會是女性。

（我應該要謹記搜查不該先入為主。）

這個道理懂歸懂，徹平卻無法非常徹底地執行。

「我也不自覺就先入為主了，一直以為木津惠小姐的朋友是女性，真可怕啊。啊，對了，我想拿回妳們拿錯的信封，那個信封現在在妳們手上嗎？」茉莉花突然想起他們最開始的目的。

聽到這個問題，芳佳一臉尷尬。

「那個信封昨天已經拿去郵局了。」

「也就是說，已經寄去投稿了？」

「對。」

好不容易找到拿錯信封的人，卻還是太遲了，簽名板已經去了遙不可及的地方。

「怎、怎麼會這樣……」

「城城崎小姐，如果是寄快捷，我想還是可以拿回來的。」

「沒錯！只要有包裹編號，就能退回寄件人這裡了不是嗎？」

「但我是用一般郵寄方式寄出的……」

「啊……」

應該還有其他辦法才對——這些懷著希望的想法隨即被芳佳一一粉碎。

「別擔心，既然已經知道信封去哪裡了，我們去拿回來就好了。我想出版社的人應該也會體諒我們。」

「說、說得也是，就這麼辦吧。」

茉莉花原本都打算放棄了，聽到穗高的話又再次重新振作。

這時，徹平突然想到還有一件事沒問：「對了，妳投稿的地方是哪一家出版社？」

「東雲出版。你們聽過嗎？」

聽到芳佳的話，三人忍不住彼此互看了一眼。

5

他們在等待消息時接到了茉莉花的來電。

聽說被當成投稿小說的信封寄到了東雲出版社的文藝編輯部，裡面裝著的正是穗高的簽名板。

徹平原本在一旁聽著，穗高見狀便把電話交給他。

「順利找回簽名板真是太好了！」

「鈴川先生，很感謝你的幫忙。總編把我狠狠訓了一頓，下次回公司我不敢隨便跑去閒晃了……」

「這種情況應該不常發生，妳別太擔心了。我也很開心能夠和城城崎小姐一起到處走走。」

「謝謝你的安慰。」

「你說完了嗎?說完了我還要談正事。」

「啊，抱歉抱歉。」

徹平把話筒還給穗高，背對著他暗自竊笑著。

（因為這次的事情，我與城城崎小姐的距離似乎拉近了！）

徹平因為這次的事件得知了茉莉花很多事情——比如她喜歡紅茶，熱愛甜點不分中外。看來只要約她去吃甜點，自然而然就會變成約會了吧？

「啊，對了，昨天收到的銅鑼燒要怎麼處理？」

一想到甜點，就想到昨天意外收到的銅鑼燒。藍屋的木津惠小姐送給他們銅鑼燒，他們忘了分給茉莉花。

「總不能枉費別人的好意吧。」

「你要哪個口味？有綠色蔬果奶昔、黃色蔬果奶昔和紅色蔬果奶昔。」

徹平自己念著那些口味都覺得有點詭異。大概是健康取向的產品吧，只不過聽起來很難引起食欲，全都是一些口味怪異的試做品。

「都是些奇怪的口味啊……」

感覺對方不像是好心送的，反而更像是強迫推銷。

兩人像在抽籤般拿起銅鑼燒，同時將銅鑼燒翻到正面。

「綠色蔬果奶昔……」

穗高一臉不情願，但他知道這是木津惠的好意，所以也沒有抱怨。

「你喜歡綠色食物對吧？那個銅鑼燒搞不好是你喜歡的口味。」

「如果是開心果或抹茶就算了，但我不認為會是那麼普通的口味……」

「別婆婆媽媽的，我們一起吃吧。開動！」

甩開莫名低迷的情緒，兩人心一橫一口咬了下去。

「……」

銅鑼燒的外皮很好吃，濕潤又恰到好處的甜度，如果只吃外皮的話再多都吃得下……但總體來說，若問喜不喜歡？想不想再吃？這個口味真是讓人很難點頭。

「主要的味道好像是番茄，還有什麼……甜椒？」

品嘗著不太協調的滋味，徹平忍不住分析起來。他看向旁邊一聲不吭的穗高，對方的表情變得比試吃之前更加複雜。

「你那個怎樣？」

「有酪梨的味道，尾韻是西洋芹。」穗高面無表情地說著，比較像在描述事實而不是感想。

「我是問好不好吃。」

「……地球上某個地方可能有人喜歡這個口味。」

穗高已經小心斟酌過詞彙了，但開頭的猶豫就代表著他不喜歡吧。

「嘿，可以讓我試吃一口嗎？」

穗高手上的銅鑼燒聽起來不是很好吃。徹平理智上知道最好別試，但他的好奇心還是戰勝了理智。

「全部給你。」

「咦！」

穗高把剩下的半個銅鑼燒都塞了過來。

「那你要試試我的嗎?有番茄的味道。」

「不用了。」

穗高冷漠拒絕，徹平只好獨自解決手上的兩個銅鑼燒。

「嗯?這個我還滿喜歡的，再甜一點會更好。」

大概是徹平本來就喜歡酪梨吧。雖然如果問他會不會回購，他絕對不會點頭，不過他個人並不討厭這個味道。

穗高帶著難以置信的眼神轉向徹平。

「我真是搞不懂你的味覺。你既然喜歡那個，為什麼會討厭蕈菇?」

「我也不清楚原因啊。」

這種事又不是自己能夠決定的，討厭吃的東西就是討厭，不然能怎麼辦?

「對了，那個你要怎麼處理?」

餐桌上，正放著一個新的褐色信封。

徹平知道那是穗高怕萬一找不到原本的簽名板，又不願讓茉莉花為難，所以昨晚重新畫過的簽名板。

「不怎麼辦。如果不需要，就當成紙類垃圾丟掉。」

「你要丟掉?」

「因為用不到了。」

「你在說什麼鬼話啊！太浪費了吧！」

那張新畫的簽名板上，生動地畫著徹平喜歡的角色。如果丟掉的話，一定會遭天譴的！

「既然這樣就隨便你處理，不想要就丟掉。」

「咦？」

隨便我處理的意思是，我可以收下嗎？

徹平一時間有點難以置信，不停來回看著手中的簽名板和穗高的臉。

「真……真的可以嗎？」

他捏了捏自己的臉頰確定自己不是在做夢。

嗯，真的很痛。

「好老派的反應啊。」

看著激動的徹平，含著笑意的穗高似乎莫名地感到愉悅。

Chapter 5

派對前夕

Solving mystery does not work like manga

解謎才不像漫畫那麼簡單

1

「你在磨磨蹭蹭什麼？快點出發啦。」

「等我一下，我的領帶打不好……」

徹平在地下鐵車站的月臺上照著鏡子，對自己的衣著做最後確認。今天是穗高原畫展的開幕日，在畫展的會場舉辦了開幕派對。

之前徹平沒有多想，一直碎念著說很想參加一次這種活動，穗高就心血來潮決定帶他一起去了。

「我問你，我有沒有哪裡看起來不對勁？」

「沒有不對勁，你只是太興奮了。」

「咦？有嗎？」

聽到穗高的意見，徹平又從頭到腳開始打量著自己。

為了今天，徹平特地回老家找出以前參加親戚婚禮穿過的西裝。因為平時沒有穿得那麼正式，所以總感覺自己無法駕馭這套西裝。

「我知道你很高興能夠見到城城崎小姐，可是你太誇張的話會把人家嚇跑的。」

「才、才不是那樣！」

「不必掩飾了。」

「我只是想說這是公司大人物都會出席的派對，必須要正式一點。」

「雖說是派對，但也只有輕食和一點酒飲而已。我不是說了，穿你平常的衣服就好？」

「說是那麼說，你自己不也是很認真準備嗎？穗高，你或許很習慣這種場合，但我可是第一次啊！」

能夠見到茉莉花固然開心，不過徹平最期待的還是穗高的原畫。明天起對一般民眾開放的門票他早就買好了，不過能夠提早一天看到原畫，他還是興奮得不得了。

既然穗高是以個人特邀貴賓的身分帶徹平去，徹平想好好打扮一番，不能丟了穗高的臉。

「然後呢？你的領帶什麼時候才會打完？」

「對不起，我不是很會打……」

平常穿制服的時候，只要對著鏡子就能輕鬆打好，但今天或許是因為緊張，徹平的領帶怎麼打都打不順利。

「我來。」

看著徹平又重新打了好幾次，大概是看不下去了，穗高伸出細白的手指快速解開他的領帶，又重新俐落地打好。他打的結很漂亮，讓人想不到這跟剛才是同一條領帶。

「這樣就好了。」

「你好會打領帶喔。」

「習慣了。」

聞言，徹平這才想起穗高是有錢人家的少爺，從小一定經常出席這種人多的重要場合。

穗高穿著普通T恤和牛仔褲也像模特兒一般有模有樣，想必一定也很適合穿西裝吧。

「既然這樣，你也應該穿西裝來啊。身為今天的主角卻穿得那麼隨性，這樣好嗎？」

「我不喜歡被領帶勒著。再說我的衣服也有領子，並不隨便啊。」

與西裝打扮的徹平完全相反，穗高只在平常穿的V領針織衫裡加上了襯衫。

「不過，我聞到了一個很好聞的味道。」

清爽乾淨的香氣中帶著些許甜味，是讓人很想一聞再聞的味道。

「你幹嘛聞我身上的味道？我只是噴了一點香水而已。」

「香水！你好成熟啊……」

「那是祖父給我的，所以我偶爾會用。好了，動作快，城城崎小姐還在驗票口前面等我們。」

在穗高的催促下，兩人快步跑上樓梯。驗票口外穿著黑色套裝與荷葉邊襯衫的茉莉花正在等著。平常放下來的頭髮現在清清爽爽地紮起，瞬間展現出一股成熟的韻味。

（啊啊，她今天也很可愛……）

徹平一不小心就看得心神蕩漾，旋即想起現在不是做這種事的場合，連忙斂起表情。

「穗高老師，有勞您了。」

茉莉花注意到穗高穿過驗票口，就立刻跑了過來。

「不好意思，讓妳久等了。」

「沒有沒有，剛剛好準時呢。謝謝您今天過來，我來帶路吧。」

「沒關係，我知道路。」

穗高說完，就大步走向原畫展會場的美術館，較晚出來的徹平和茉莉花則是並肩走著。

（他該不會是故意為我製造機會吧？）

上次大家一起找簽名板時，因為有共同的目標，所以徹平能夠與茉莉花自然交談，但一遇到現在這樣能夠單獨說話的機會，徹平就突然緊張了起來。

「鈴川先生，也謝謝你來。」

「不、不客氣，我才要說謝謝。我跟著來，真的不要緊嗎？」

「你是今天主角邀請的客人，可以大方一點的。」

「與其說是受邀前來，我更像是他順便帶來的。」

「穗高老師平常不愛出席這種活動，這次卻爽快答應了，我想大概是因為鈴川先生的緣故吧。」

「什麼意思？」

「好像是上個禮拜初……我們還沒向老師報告今天的派對細節之前，就先收到老師的聯絡，說開幕派對想要多帶一個人。那個人應該就是鈴川先生吧？」

「……」

徹平因為茉莉花私下透漏的事實而有些欣喜，胸口不禁陣陣發熱。與穗高本人相處時，他的嘴巴總是說不出好話，不過那傢伙還是非常溫柔體貼的。

美術館入口處有身穿商務西裝的男子們正在等待著，看起來似乎是出版社的高層。

「恭候您的蒞臨，穗高老師。」他們朝穗高鄭重鞠躬。

「這次的活動很感謝各位的協助。」

「應該道謝的是我們！門票銷售情況比預期中還要好，能夠十二萬分感覺到讀者們的期待。」

「那真是值得高興。」

「雖然我們很希望看到這部作品的後續，不過另闢新系列也不錯，您覺得如何？您在大學那邊還有課的話……即使不是連載，只是不定期的短篇，我想讀者也會很高興的。」

徹平知道穗高的臉上雖然帶著笑容，嘴角的笑意卻稍微收斂了。那些高層說的話，言外之意就是希望他繼續畫下去。礙於對方不是他能夠隨便得罪的人，所以穗高無法斷然地拒絕。

（他真的就是穗高老師呢……）

徹平只是跟著來的，沒有立場開口幫穗高說話。而主角穗高本人也是一臉不悅的樣子。

「站在這裡說話實在太不像話了，我們進去吧，我來幫各位帶路。城城崎，妳幫老師拿東西。真抱歉，她實在不夠機靈。」

高層要茉莉花幫忙拿東西，但穗高的隨身物品也只有肩膀上的單車包，沒有什麼需要別人幫忙拿的。

「沒關係，我自己拿就好。」

「不好意思，派對開始之前需要進行最後確認，可以麻煩老師過來一下嗎？」

茉莉花似乎是察覺到穗高的不耐煩，連忙插嘴。

「喔喔，這樣嗎？霸占老師的時間真是不好意思。我們先回休息室，如果有事就喊我們一聲。失陪了，老師，待會見。」

終於在美術館入口擺脫那群西裝男了。穗高看起來已經筋疲力竭的樣子，茉莉花充滿歉意地道歉：「對不起，這些上司老愛施壓……」

「不是妳的問題，反而妳的打岔適時地拯救了我。」

茉莉花說的最後確認，似乎是為了打岔而編的藉口。

「剛剛那位是總編嗎？」

「不是，他是更上面的高層。總編還沒到，他搭的計程車好像卡在車陣裡了。」

「哇，塞在市中心就麻煩了。看樣子我們選擇搭電車是正確的選擇！」

「不是因為搭電車你才不會暈車嗎？」

「你別拆穿我！」

若是自己開車還好，但搭別人開的車坐在後座時，徹平就會暈車，所以他要求穗高別考慮搭計程車。他也想過租車載穗高過去，但又怕有什麼萬一，所以還是選擇搭電車前往了。

雖說暈車也不是他願意，不過徹平不希望被茉莉花知道。

「而且電車也不用擔心時間。」

「對對！就是那樣！」

茉莉花幫忙說話的體貼，讓徹平十分感動。

「話說，今天的派對在哪裡舉行？」

「那個入口進去就是展覽廳，輕食和飲料會在那邊供應，其他展廳則禁止飲食。」

「原來如此。也是啦，展示品出事可就慘了。」

重要的原畫弄髒的話，後果可是很嚴重的。

「老師，我剛才在上司面前說的最後確認雖然只是藉口，不過也真的有需要您過去看看的地方，是否能跟我一起去呢？」

「當然，我來就是為了這個。」

「那我可以過去那邊逛逛嗎？」

明天對一般民眾開放參觀之後，會場一定會擠得水洩不通。能夠像現在這樣一個人慢慢欣賞，徹平怎麼樣也不想放過。

「請務必趁現在好好欣賞。啊，這是展覽手冊。」

「謝謝！」

「你可別跑進奇怪的地方。」

「才不會呢！」

徹平不否認自己的確不怎麼懂人情世故，不過他也不想被年紀比自己小的傢伙當成小孩子一般叮嚀。

他偷偷觀察展覽廳的情況，發現那邊已經聚集了很多人，所以轉而逆著指示的方向走。

可購買原畫展原創商品的販賣部似乎還在準備中，有人把商品一一拿出紙箱，整齊地陳列在架上。

徹平前幾天幫忙處理的簽名書已經堆放在收銀檯附近。那些肯定一眨眼就會被搶光。

「唔哦！真的是親筆畫的原稿，超棒的……」

修辭能力缺乏的徹平無法用言語完整表達出自己心中的感動。

現在有很多漫畫家都改用數位工具畫圖，不過穗高仍是以傳統的紙筆創作。徹平忍不住沉醉在那些比雜誌和漫畫單行本上還要細緻漂亮的線條之中。

「這裡有什麼啊……」

走到走廊深處，有個玻璃牆劃分出來的小房間。金屬牌子上寫著「特別展示室」。

圓形空間的正中央設置著展示檯，這一定是用來展示特殊作品的區域。大致看得出來這一區的保全做得很完善，不只有防盜監視器，還有類似紅外線感應器的東西。

「這裡也可以參觀嗎？」

徹平把手搭在門把上，門居然輕易就被推開了。或許是因為今天是展覽的前一天，所以保全裝置尚未啟動。

「打擾了。」

徹平緊張地進入房間。

「這個該不會是！」

一幅為了這場原畫展而畫的新稿展示在裡面。以實質意義上來說，這是穗高最後一次畫的原稿吧。這張作品似乎還會搭配入場手冊印製發給來賓。

「哇！」

親眼目睹戲劇化的色調繪製的封面彩稿，以及細緻筆觸交織而成的黑白內頁原稿，讓徹平湧上難以言喻的感想。

（他不再畫漫畫真的太浪費了……）

穗高說過自己會接漫畫之外的工作，但徹平認為他在組織故事上也相當有才華。雖然本人有點囂張又令人生氣，不過真的是一位很了不起的漫畫家。

「果然厲害……」

優美的原稿就不用說了，能夠利用簡短的篇幅一口氣畫出引人入勝的故事，穗高在這方面的實力確實相當出色。深深著迷其中而忘了時間的徹平，因為察覺門被打開而回過神來。

他回頭一看，正好看到清潔人員推著推車進來。對方穿著工作服，帽子深深遮住眼睛，不過看得出來是一名年輕的男子。

（在這種時間來打掃嗎？）

展覽廳的另一邊正在舉辦派對，這邊卻在打掃，難道不會揚起灰塵嗎？

「嗯？」

突然，徹平聞到了一股熟悉的香氣，卻沒有立刻想起那是什麼味道。他正不解時，態度焦慮的清潔人員開口說話了。

「不好意思，是否能請你離開？」

「啊，抱歉。」

徹平很想再多看一會兒，但也不好影響別人工作，只好作罷準備離開。最後，他又再次依依不捨地回頭看向特別展示室。

「咦？」這時，他突然注意到剛才沒亮的紅燈亮了，這種型號難道是時間一到就會啟動嗎？

派對差不多要開始了，徹平決定看看情況晚點再過來繼續參觀。他想好之後，再次回到了大廳。

展出的原畫全都欣賞完畢，徹平正在前往派對會場的展覽廳，卻看到茉莉花一個人站在走廊上心急如焚。

「怎麼了？」他朝著臉上充滿不安的茉莉花問道。

茉莉花一看到徹平，表情便稍微放鬆。

「老師不見了。剛才上司把我叫去說話，我暫時離開了一下，一回來老師就不見了。鈴川先生，你知道老師去哪裡了嗎？」

「呃，他不是和妳在一起嗎？我剛剛一直在看展覽，也沒看到他。」

而且是逆向參觀，所以一路上都沒遇到任何人。

「是嗎……」

「會不會是去了洗手間？」

「我已經請上司進去確認過了，裡面沒人。」

「也不可能是回家……」

話還沒說完，館內突然響起尖銳的警報聲。

「怎、怎麼了？」

該不會在這種時候失火了吧?那必須在原畫遭到破壞之前滅火才行!

徹平一邊想著,一邊朝著最吵鬧的方向走去。

特別展示室前面聚集了一大群人。因為人牆擋著,徹平完全不清楚發生了什麼事。

「不好意思,這裡怎麼了?」徹平詢問著人群最後面倉皇失措的女性。

「老、老師他……」

「老師?」

今天應該沒有其他人會被稱為「老師」了。一股不好的預感在徹平心中浮現,他立刻撥開人群往前方走去。

「不好意思,借過一下,真的很抱歉!」

好不容易來到最前面,一看到特別展示室裡的情況,他忍不住呼吸一窒。

剛才遇到的清潔人員正站在展示室中,而更令人震驚的,是暈過去的穗高就倒在那個人前面。

「穗高——」

「別過來!」

徹平反射地要跑向展示室的瞬間,裡頭傳出了劇烈的怒吼。

「如果不希望這傢伙受傷,就別再過來了!」

只差一步就能夠碰到門了，但這一步的距離似乎難以逾越。

徹平觀察著展示室內部，只見穗高旁邊倒置著清潔人員——也就是占據展示室的犯人——稍早推的推車。

（該不會穗高當時就在推車上？）

徹平想起來了，原來當時覺得熟悉的香氣，正是穗高身上香水的味道！如果自己當下立刻想起來的話，就能夠打穗高的手機確認了——徹平對於自己的遲鈍感到懊悔不已。

「鈴川先生，這到底是……穗高老師！」撥開人群趕過來的茉莉花在看見現場情況後也驚呼了一聲。

「鈴川先生，怎麼辦，老師在那邊！」

「我知道。總之這種時候，先不能刺激到犯人。」

穗高的安全最重要。眼前的騷動如果不想辦法解決，只會讓犯人更加亢奮。這種時候避免刺激犯人才是最好的做法。

「那邊那位，請立刻從裡面出來！你的要求是什麼？要錢嗎？」這時，一個壯年男子突然大聲開口。

「喂……」

這種挑釁根本就是最嚴重的刺激，徹平瞬間覺得眼前一黑。

「吵死了！大叔你給我閉嘴！」

「大……你以為你是誰？怎麼可以對我那樣說話！」

「那、那個……先生，請冷靜下來。這裡能否交給我處裡呢？」

徹平不希望壯年男子繼續火上加油。他以對小學生說話的口吻，對怒不可遏的男子說道。

「我怎麼可能把情況交給你這個看起來不可靠的傢伙處理！」

「我雖然看起來不可靠，但我畢竟是警察。」

「你是警察？」

聽到他的身分後，對方看著徹平的眼神也跟著變了。反正這種情況下，沒必要特別強調自己是內勤員警，而不是外勤警察。

「不好意思，請大家聽我說。我是警察，在轄區員警抵達之前，請交給我處理。」徹平告訴大家自己是警察，並自告奮勇上前交涉。

「你真的可以嗎？」

「我會優先確保人質的安全，所以請大家先去其他地方等著。」

圍觀的群眾越多，犯人只會越興奮。尤其有出版社高層在場，根本無法進行交涉。

這時，保全終於氣喘吁吁地趕來了。

「抱歉來晚了！我是今天晚上的保全，聽說這裡有警察？」

「我就是。雖然我不是這個轄區的，不過請讓我幫忙。」

「我才希望你能多幫幫忙。敝公司已經報警了，後援應該很快就會過來。」

「這個警報聲是？」

「這是特別展示室的警鈴。今晚還有準備工作要進行，所以系統原本應該還沒有啟動才對。」

每次要懸掛或拿掉展示品都要擔心觸動保全警鈴的話，那事情就忙不完了。所以沒有啟動保全系統雖然有點大意，不過也是為了確保展場布置流程順利。

而且應該也不會有人料想到，犯人不是要偷展示品，而是要占領特別展示室。

「警報一旦啟動，門就會自動鎖上。即使警報聲停止，也只有知道特殊密碼的人才能夠解除門鎖。」

「你說什麼？那知道密碼的人有誰？」

「敝公司的保全組長及美術館館長。他們現在正在趕過來的路上，不過最快也要三十分鐘。」

也就是說，在這期間沒有人能夠進去裡面。

「嗯？誰把原本沒有開啟的保全系統打開了？」

「我也不清楚，原本是準備在派對結束之後才開啟的……」

解謎才不像漫畫那麼簡單

難道是犯人為了占領特別展示室才特意啟動保全系統？

「今天的保全人員只有你嗎？」

「不是，還有另外一個人。他正在外面巡邏，我想晚一點就會回來了。」

「麻煩你確保其他人的安全，引導他們去大廳，然後在那裡等著。」

「是。」

徹平與保全討論完畢後，就聽到特別展示室裡頭傳來怒吼。

「你們說完了？現在我要說我的要求了！」

犯人終於願意揭露他占領特別展示室的目的了。

「只要是我們能夠辦到的都行！請務必讓他平安出來！」

如果可以的話，徹平很希望代替穗高當人質。不過對方應該不會同意把人質換成徹平這麼高大的男人。

說起來，犯人在原畫展會場綁架作者本人，或許與他的目的有所關聯。

「你們想要我放了這傢伙的話，就叫那傢伙繼續畫下去！」

「嗯？你說的那傢伙是指誰？」徹平沒聽懂犯人的要求，不解地偏著頭。

「當然就是穗高八重啊，這還用問嗎！」

「呃，那位就是穗高啊。」

「咦？」

「啊！」

徹平急忙遮住嘴巴，卻已經為時已晚。

（慘了。）

他犯了談判時最致命的錯誤，他不應該告訴犯人那位人質就是穗高本人的。

「……真是，多嘴什麼啊，這個廢物。」

「你原本就醒著？」

「我只是假裝暈過去而已。」

「你、你真的就是穗高老師嗎？」

犯人得知自己綁架的人質的真正身分後，嚇得性格都變了。仔細一看，犯人的臉上還帶著稚氣，頂多就是高中生的年紀。

「我是。你根本沒有搞清楚情況，就抓我來當人質嗎？」

「我沒想到老師是男的！我還以為穗高老師是剛才那個女人……」

「她是我的責任編輯。」

聽到穗高冰冷的聲音，犯人也膽怯了。

「對、對不起，被我打到的地方還很痛嗎？」

「怎麼可能不痛。」

「真的很抱歉，原本不該是這樣的……」

犯人突然對人質擺出正襟危坐的態度，看樣子似乎真的是穗高的粉絲。

「如果今天被綁架的不是我，你覺得做這種事就可以嗎？」

「不，我不是那個意思……」

犯人被穗高的氣勢鎮住了。看著兩人一來一往，徹平忍不住「噗」地笑了出來，結果被裡面照理來說應該聽不見的穗高狠狠地瞪了一眼。

「你只是為了讓我繼續畫漫畫，就做出這種事嗎？」

「什麼只是！那對我來說是很重大的事！」

「那種東西——」

穗高的臉上浮現出了愧疚的情緒——儘管明白犯人的動機不合理，但粉絲的期盼還是讓他的心微微觸動。

「你的漫畫拯救了我。是因為每個禮拜能讀到你的漫畫，我才能夠努力堅持下去……沒想到你卻說不當漫畫家了！」

「我懂！」徹平忍不住用力贊同。

「你、你是誰啦！」

「我也是穗高八重的大粉絲，所以非常了解你的心情。希望他能夠畫出更多作品，想要看到他的更多作品，這麼有才華的人卻不再畫漫畫未免太浪費了，對吧？」

「用浪費還不足以形容！那是全人類的損失！」

「我也是這麼認為！我還是第一次遇到這麼懂我的人！」

「穗高」本人在徹平眼裡只是年紀比自己小的朋友，不過徹平認為漫畫家「穗高八重」是值得尊敬崇拜的大人物。

徹平的話匣子一開，就再也停不下來了。

「別把我和你這種『一日粉絲』混為一談！」

「我才不是一日粉絲！我可是連他投稿《BURNING》月刊的佳作都剪下來收藏的粉絲。他當時用不一樣的筆名，你不知道吧？」

「你是說真的嗎！」

看到犯人上鉤，徹平用鼻子發出哼哼冷笑。

「那篇作品正好刊登在我買來打發時間的雜誌上，我覺得很有趣所以就剪下來收藏。那部作品後來就開始在週刊上連載了。對了，改天拿給你看看吧？」

「可以嗎？」

「我們等一下交換聯絡方式——」

「那種東西給我丟掉！我從剛才聽你們說話到現在，都這種時候了，你還在說什麼鬼啊？」

徹平與犯人聊得正起勁，就被穗高潑了一盆冷水。

解謎才不像漫畫那麼簡單

「我怎麼可能丟掉！即使作者是你，但我也有剪下來收藏的權利！」

「我會趁你不在家的時候替你燒掉。」

「你那是濫用職權！」

看來，用其他筆名投稿一事對於穗高來說是黑歷史。

徹平突然注意到穗高的腳在微幅抖動。如果他抖腳是為了冷靜下來，那拍打的節奏也未免太不自然了。

「城城崎小姐，妳看得懂那是在做什麼嗎？」

「會不會是摩斯密碼？」

「摩斯密碼？」

以前當童子軍的時候學過，不過徹平完全不記得了。

「城城崎小姐，妳知道穗高在說什麼嗎？」

「等我一下。呃，他好像是說『關燈』。」

「燈？穗高是不是有什麼主意？」

「把燈關掉的話，老師豈不是更危險……犯人也有可能驚慌失措吧？我想最好還是等警察來再說。」

一旦關燈，徹平他們就會更加難以攻入。徹平也懷疑是否應該等警察來，但穗高應該是有什麼計策吧。

就在徹平他們還在討論時，穗高仍然以焦慮的態度反覆踏著拍子；此刻如果拒絕穗高的要求，他事後大概會不太好過。

「總、總之，我們就按照穗高說的去做吧。」

「我明白了。」

徹平偷偷拜託茉莉花，讓她三分鐘之後把樓層照明全部關掉，也請茉莉花同樣用摩斯密碼把這些話傳給穗高。

「你為什麼不再畫漫畫？想看的人也不是只有我，老師的作品拯救了很多人，是我們活下去的動力！」

對於熱誠請求的犯人，穗高回應道：「真的很抱歉，但我想畫的東西已經畫完了，我也不想拿出品質拙劣的作品讓你們失望。」

「粉絲不會在意！」

「但我會在意。」

穗高重重嘆息之後，語氣沉重地解釋：「我原本並沒有打算成為漫畫家。我想走繪畫之路，但我的父親十分反對，還說如果我堅持要讀藝術大學，他不會幫我出學費。雖然後來祖父幫我出了，但我無論如何都想要依靠自己的努力，所以才決定畫漫畫贏得比賽獎金。」

聽到穗高的坦白，徹平和犯人都陷入沉默。穗高從國中起就與祖父母一起生活，根本的原因，或許就是與父親不合。

「那部作品充滿了我想讓父親刮目相看的念頭，以及我想畫畫的心情、自卑、痛苦等等情緒，我不認為我今後還能夠畫出有同樣溫度的作品。我既不想以不成熟的心情去畫漫畫，也不想讓喜歡我作品的人看到我用半吊子的心情畫出來的作品。」

「我、我不懂啦……我只想要繼續看你畫的漫畫……」

就在犯人還在呻吟時，照明被一口氣全部關上。黑暗中傳出了碰撞的聲音，等到燈光再度打開時，穗高已經壓制住了犯人。

「痛痛痛痛！」

犯人的關節被完全固定住，無法掙扎。

「真的很抱歉。我現在還無法產生想畫的念頭。不過，今後是否一輩子都不會再畫了，這我也不知道。如果我有想畫的東西，或許會再提筆畫漫畫的。到時候你還願意看我的作品的話，我會很高興。」

聽到穗高的話，犯人終於安靜了下來。徹平看到他低垂的腦袋微幅動了動。

「……好。」

犯人小聲回應著，彷彿附在身上的那股執念衝動已經徹底消失了。

2

「你被揍的地方沒問題嗎？」

「只是有點腫，過幾天就好了。」

結果，最後派對還是取消了。不過明天正式開始的原畫展依然照常舉行，這讓徹平鬆了一口氣。

「你真的不去醫院嗎？」

「我明天會去家庭醫生那邊看看，沒關係。」

「為了謹慎起見，你最好還是照一下腦部ＣＴ，頭部受傷有時候會過幾天才發作。」

「不用你說我也知道。」

警方想要知道一連串狀況的詳情，所以穗高必須去警局做筆錄。但畢竟穗高受了傷，徹平請警方讓他今天先回家了。

「你制伏犯人那招真厲害。」

固定住關節，將對手完全壓制住。沒想到穗高這個曾經抱怨慢跑的文藝青年也有意想不到的一面。

「我從小就學了防身術。雖然沒什麼力氣，不過只要掌握訣竅，就能夠制住對方的行動，也幸好對方不懂武術。」

「你本來是被綁著吧？是怎麼解開的？」

「我聽說便宜的束線帶只要一用力扯就能夠扯斷，所以就嘗試了一下。」

「原來如此！改天我也來試試好了！」

萬一遇上什麼情況，這招或許就能夠派上用場。

「那個犯人知道你就是穗高八重本人時，差點嚇死耶。」

徹平不能原諒犯人對穗高施暴的行為，但可以理解他的心情。徹平只能希望對方願意反省，好好改邪歸正。

「還不都是你，害我身分徹底曝光。」

「對不起。不過也多虧如此，他對你的態度才變得恭敬謹慎不是嗎？」

「對方也有可能不顧一切豁出去啊。」

「是我錯了……」

「話說回來，沒想到你居然懂摩斯密碼。你當過童子軍吧？」

「我應該學過，不過早就忘得一乾二淨了。」

幸好茉莉花有相關知識。

「——幸好人質是我。」

「為什麼這麼說？」

「原本可能會有不相干的人因我而受傷啊。萬一事情真的變成那樣，我就無力彌補了。」

「早知道我就應該陪著你，那樣也不會讓你遇到那種事。」

「你不必自責。」

「不，從今天起我要當你的貼身保鏢。身為你的朋友，我不能放著你不管。」

「你也太誇張了吧。」

徹平原本還以為穗高會說「誰跟你是朋友」這種話，沒想到他只是夾雜著嘆息這樣回應著。

「老師，計程車來了。」茉莉花走過來通知徹平他們。

「馬上過去。」

考慮到穗高的身體狀況，他們決定搭計程車回家。徹平不想勉強傷患。

「你真的可以搭計程車嗎？」

「小小的犧牲不算什麼。與其讓傷患搭電車回家，只是暈車而已沒關係的。」

「你可以自己搭電車回去。」

「又說那種話……出了這種事，我怎麼可能讓你獨自一人行動！好了，快點上車啦。」

徹平把穗高推入後座，自己也坐到他身旁。

解謎才不像漫畫那麼簡單

在出版社高層排成一列、氣勢洶洶的目送下，計程車出發了。直到看不見高層們的身影，徹平才終於鬆了一口氣。

「我問你，你最後說的那些是真心話嗎？」

計程車開上首都高速公路時，徹平幾分猶豫後仍然開了口。

「我不會對自己的粉絲說謊。」

「是什麼原因讓你改變了想法？」

他明明說過再也不畫漫畫了，可是他對犯人說的那番話裡，卻有態度鬆動的跡象。

「沒什麼原因。我累了，想睡一下。」

穗高說完，便把頭靠上徹平的肩膀上，最後發出平穩的呼吸聲沉沉睡去。

——《解謎才不像漫畫那麼簡單》完

——《解謎才不像漫畫那麼簡單》全系列完

Afterword

後記

Solving mystery does not work like manga

解謎才不像漫畫那麼簡單

初次見面，各位好，我是藤崎都。

很感謝各位拿起敝人在下我的拙作！

這是我第一次在富士見L文庫出版作品。我想應該也有很多朋友是第一次接觸我的作品。

這次的作品不同於以往的風格，帶了點實驗性質，所以寫到最後我仍在摸索方向。不過我寫得很開心，如果拿起本書的各位也讀得愉快，本人甚感榮幸！

一開始構思穗高這個角色時，我原本設定的年紀要更大一點，卻因此少了清爽的感覺，使稿子整個卡住動彈不得，只好改變方向（苦笑）。也幸虧如此，徹平這個角色出現之後讓我鬆了一口氣。

或許是我年紀到了的關係，聽到「管理人」這個詞就會覺得眼睛一亮。我想寫以宿舍為舞臺的故事，所以很高興能夠得到這個機會！

真的很感謝 Kunimitsu 老師為我畫出氣氛可愛又華麗的插畫！穗高與徹平比想像中更寫實了。能夠得到這麼棒的插畫，我真的好開心。

我也要對一路協助的相關人員表達感謝。給責任編輯添了許多麻煩，今後希望也請多多指教！

最後，謝謝拿起這本書閱讀的讀者們。如果可以，很希望聽到各位的感想。
那麼，期待我們某天能夠在某地重逢！

二〇一八年十月
藤崎都

高寶書版集團
gobooks.com.tw

LN003
解謎才不像漫畫那麼簡單
謎解きはマンガみたいにはいかない

作　　者　藤崎 都
繪　　者　くにみつ
譯　　者　黃薇嬪
編　　輯　任芸慧
校　　對　林紘生
美術編輯　林鈞儀
排　　版　彭立瑋
企　　劃　李欣霓

發 行 人　朱凱蕾
出　　版　英屬維京群島商高寶國際有限公司臺灣分公司
　　　　　Global Group Holdings, Ltd.
地　　址　臺北市內湖區洲子街88號3樓
網　　址　www.gobooks.com.tw
電　　話　(02) 27992788
電　　郵　readers@gobooks.com.tw（讀者服務部）
　　　　　pr@gobooks.com.tw（公關諮詢部）
傳　　真　出版部　(02) 27990909　行銷部 (02) 27993088
郵政劃撥　50404557
戶　　名　三日月書版股份有限公司
發　　行　三日月書版股份有限公司/Printed in Taiwan
初版日期　2021年 2 月

國家圖書館出版品預行編目(CIP)資料

解謎才不像漫畫那麼簡單/藤崎都著；黃薇嬪譯.-- 初版.
-- 臺北市：英屬維京群島商高寶國際有限公司臺灣分公司
出版：三日月書版股份有限公司發行,, 2021.02-
　冊；　公分. --

譯自：謎解きはマンガみたいにはいかない

ISBN 978-986-361-959-8(平裝)

861.57　　109018899

三日月書版

三日月書版

GOBOOKS
& SITAK
GROUP©

GOBOOKS & SITAK GROUP©